テラスの旅路

THE JOURNEY OF TERAS

I

響乃みやこ
KYONO MIYAKO

幻冬舎 MC

テラスの旅路　I

もくじ

プロローグ

ずっと昔の夢を見た。

今自分は、宇宙から光を抜き取ったような、真っ暗な空間にいる。真っ暗な空間には底が無くて、所々に、エラー画面が表示されているブラウン管テレビが宙に浮いている。ブラウン管テレビを積み上げて作った、上へ上へと、どこまでも続いているタワーは、光っているテレビの画面で夜の都会の様にキラキラと綺麗に見える。宙に浮いているテレビの上を走って行って、つたっていく。自分よりずっと遠く、それでもまだ目で見える、届く所。そこには自分の体よりずっと、ずっとずっと大きなテレビが浮いている。そこを目指して、ひたすら走っている。目的はもう忘れた。

でも、絶対にあそこに行かなければいけない、という使命感にも近い感情があった。テレビを跳んで、テレビから落っこちて、たくさん怪我をした。足は腫れてとても痛い。

それでも、足は止まらない。止まれない。

テレビをつたっていって、大きなテレビに飛び乗った。

そのテレビは、触ると映像を映し出した。中には白衣を着た、科学者らしき人たちが自分を見ている。

「出して！　出して！」

テレビの画面を叩きながら、画面の向こう側の人たちに訴える。でも、向こう側の人たちは「[redacted]」を見ようともせずに、持っているリモコンの電源ボタンを押した。

その瞬間、世界は壊れ始めた。

たくさんあったテレビのタワーは崩れ落ちて、宙に浮いていたテレビは闇の中へと落っこちていった。そして、向こう側が見えるテレビも暗く黒く消えていって、画面の向こうの人達は「[redacted]」を見た。最終確認でもしているように、まっすぐな眼差しで。でもその眼差しの中には、どす黒い、理解しきれないほどの暗い感情がこもっていた。

どんどん「[redacted]」も消えていって、足からどんどん暗くなっていった。自分の体が消えていっているという恐怖より、なにもできない自分の無力さを思い知らされ、悔しかった。もう半分以上が消えているテレビの画面をバシバシと叩き、「出せ」と訴える。

「うあああああっ!!」

そして、「」は消えた。

第一章　ロボットと少女

どうしてこの子を

「うあああぁ、うああああぁ！」

雲一つない晴天の中、赤子の声が空に響いた。

赤子は建物の瓦礫の上にぽつりと置かれており、その下には赤子に手を伸ばし、それでも届かず瓦礫に押しつぶされた人間の遺体が転がっている。赤子には、なにもわからない。

「うぁ、ああああぁ」

さびしい、かなしい、こわい。

「怖い」という単純な感情に支配されたまま、赤子はずっと泣いている。大人のような複雑な感情ではなく、理由もなにもない、ただの「恐怖」しか感じない。

ぱぱとままはどこ？

くらい、こわい、さむい、いたい。

かなしい。

「……?」

そのあたりを移動していた、見間違えるほど人間にそっくりの見た目をしているロボットがいた。短い黒髪、パーカー。本当の人間のような見た目をしているが、虫よりも感情がこもっていない無機質な目だけが、彼女がロボットだという証拠だった。

ロボットは、赤子の泣き声に気がつくと、建物へ寄っていった。

長方形の真っ白な建物は、真ん中あたりが丸くへこんでいて、それは自然現象とは思えないほど綺麗な球体だった。所々に小さな瓦礫があって、転びそうになってしまう。ロボットは赤子が転がっている場所まで行くと、赤子の姿を見て目を丸くした。

「これが、人なのか……?」

真っ白な髪に肌、右の額に生えた角。人の形をしているが、これじゃまるで鬼のようだ。赤子は入院着のようなものを着ていて、襟の部分に「ティーナ」という名前が書かれていた。おそらく、これがこの赤子の名前だろう。赤子を拾い上げてみると、澄んだ瞳に気づいた。赤子も自分を抱き上げているロボットに気がついた。

「……ぅ？」

ロボットを見ると、泣くのをやめた。

ずっと探し求めていた物を得たような、そんな安心感にも近い感情が生まれた。

「……っきゃっ、きゃ！」

赤子は、さっきまでの涙が嘘のように、笑い出した。

「……」

その赤子に、興味が湧いた。ロボットの自分に、感情という機能が搭載されているなんて知らなかったが。これはきっと、感情というものなのだろう。

なぜ、笑うのか。

なぜ、泣くのか。

どうしてこんな姿をしているのか。

なんで自分はこんなにこの赤子に興味を抱くのか。

なぜ、なんで？

気がつけば、その赤子を連れ帰っていた。最近は近くにある、もうずいぶんと使われていない苔まみれのマンションの二階に住んでいる。この世界には人が全くいない。ロボットは、

「白衣の人間」以外の人間を見たことがない。

この世界は、三百年前、人類の九割が滅んで、土地は荒廃し、そこら中に化け物のような姿をした動物たちがいる。人間が減少してから空と海はかつての穢《けが》れない姿を取り戻し、所々に、もともと人でにぎわっていたであろう廃墟がある。

さびても原型をとどめている遊具が置かれた公園。

津波で骨組みだけになってしまった学校。

苔まみれの家。

動物たちが住処にしているマンション。

ロボットが赤子を連れて帰るうちに見た数々の文明の遺物が、その証拠だった。

野良の人類は、多く見積もっても世界で千人ほどしかいない。そんな世界に放り出されたロボットにとって、人型の生物はとても珍しい物だった。

一キロほど歩くと、住んでいたマンションにたどり着いた。

数か月前、ここら一帯を吹き飛ばすような大爆発が巻き起こった。だから、きっとここもただでは済まないだろうとは思っていたけど、どうやら無事だったようだ。室外機もベッドも残っていて、少し驚いた。その爆発で自分自身も頭を打ってしまい、外傷こそなかったものの、少し故障していたところはあったので、そこを直すのが結構面倒だった。

（さーて、どうするかな……）

「あぁ、ああう」

赤子は――ティーナは、手足をばたばたと振りながらぐずりだした。ロボットはすぐにそのことに気がつき、慣れない手つきでなだめた。するとティーナはすぐに眠ってしまった。この調子だと、きっと一日中起きないだろう。

「ふぅ……」

ロボットは赤子をバネが壊れたベッドに寝かせると、ため息をつきながら、壁に寄りかかり、そのまま座り込んだ。久しぶりに、疲労を感じた。特に疲れるようなこともしていないが、初めて「人間」（のような生物）を見て心が疲れたのかもしれない。疲れる、興味が湧く、今日はなんだかいつもとは違う。爆発の影響がまだ残っていて、精神システムにエラーでも起きているのかもしれない。

（あとで、直さないとな……）

そう思いながら、ロボットはゆっくりと目を閉じた。

「……ん」

次に起きた時には、次の日の朝だった。目に映る太陽の光が眩しい。

「っ！」

朝だということを認識して、飛び起きた。いつのまにか寝てしまっていたらしい。周りを見回すと、ティーナの姿がどこにもいない。

「……え」

子供の考えることは、大人（大人ぐらいの精神年齢に設定されている）の考えることを越える。なにをしでかすかわからない。なにせ、常識がないのだから。

起きて早々、ロボットの体に植えつけられている温度補正機能が狂い温度が一気に冷めた。ティーナはどこに行ったのかとベッドから降りて探すと、ティーナはなんと、ベランダのふちに立っていた。この家からは窓ガラスが消えていて、ベランダからいつでも飛び下りられる状態。ティーナは今、ベランダのふちに立って歩く練習をしている。

しかし、ティーナは歩くことに慣れていないのか、ぐらぐらとバランスを崩して外へ放り出されそうになっている。ここは五階。落ちたらまず確実に死ぬ。

「……！」

ベランダへ走っていくと、もうすでに宙に浮いて一秒後には落ちそうなティーナをがっしりと掴んで、部屋へ戻した。

「はぁ、はぁ……」

子供から目を離してはいけない。ロボットは一つ学んだ。

「きゃきゃっ！」

「人の気も知らないで……」

ティーナは、ロボットのことなんかつゆ知らず、無邪気に笑っている。だけど不思議と、恨みは湧いてこなかった。

「あのベランダには柵をつけたほうが良さそうだ」

そしてティーナを連れて、マンションのすぐそこにある庭へ洗濯物を干しに行った。ロボットといえど、さすがに服くらい着替える。庭は小さな畑ほどの大きさで、大きな柱が二つ立っているので柱を紐でつないで、そこに洗濯物を干している。

ロボットは、一瞬くらい目を離しても大丈夫だろうと、ティーナから目を離し洗濯物を干し

ていく。そして、一通り干し終わってティーナに目をやると、

「あぅ？」

「嘘でしょ」

ティーナは茂みから出てきたトゲネズミを掴んで食べようとしていた。トゲネズミの棘には、猛毒がある。ロボットはティーナからトゲネズミを取り上げて茂みに帰した。

「あっ……」

「触っちゃダメ」

「うぅ」

ティーナはぷい、と怒っているように目をそらした。

「一瞬も目を離してはいけないなんて……」

そして、ティーナを部屋へ連れて帰るともう夕方になってしまっていた。

（これくらいの年の子ってなに食べるんだ？）

とりあえず、鹿の肉を茹でて柔らかくしたものを作ってみた。

これは、食べても平気なのか？

だいたい、〇歳から一、二歳くらいだろうか。このくらいの子って、肉を食べられるのか？

鹿の肉は、牛肉と同じくらいのおいしさはある。人体に影響はない（はずだ）。でもそれを赤子が食べるとなると話は別。極限まで柔らかくはしたが、食べられるかどうかわからない。他の食料を用意しようとしても、かなり遠出をしなくてはならない。

「う！」

「え」

もぐもぐという咀嚼音が聞こえ、音が聞こえた方へ振り返ってみるとティーナが手掴みでどろどろに溶かした肉をおいしそうに食べていた。

「うう！」

とてもおいしそうに食べている。とりあえず、食べても害はなさそうだ。

「スプーン使って」

「ふぇ？」

ティーナにスプーンを渡し、肉を掴んだ手をハンカチで拭いた。ティーナはスプーンを渡されてもどう使うのかわからず、おもちゃのようにして遊んでいたのでお手本を見せた。

「こう使う」

「！」

ティーナは、どうやら予想より賢いようで、お手本を見せるとすぐにスプーンをロボットがしたように使ってみせた。

「そうそう、上手」

「あぅっ！」

ロボットが褒めると、ティーナは返事をするように笑った。鹿の肉が食べられるということは、食料には困らなそうだ。しばらくはどうにかなるだろう。


「ティーナ、起きて」

「う〜ん」

あれから、一年が過ぎた。本当に、「気がつけば」だった。最近時の流れが早すぎて怖くなってくる。年を取れば取るほど時間の流れが早く感じるというし、自分もロボットとしてはもう古くなっているのかもしれない。

ティーナの髪は伸びてきて、肩くらいまでの長さはあり、性別がどっちかくらいの見分けはつくようになってきた。段々と普通の人と同じようなものを食べられるようになって、歩いたり走ったりすることができていた。

昼になってもずっと寝ているティーナを起こして、外に連れていこうと思った。歩けるようになったし、適度な運動はさせたほうがいい。服を着替えさせて、マンションの庭へ連れていった。ティーナはいつもここで走り回って遊んでいる。

「けろけろ！」

「ん？」

ティーナはカエルを見つけて、「けろけろ」と呼んでいた。

え、もう喋れるの？

「ティーナ、これは？」

近くに生えていた花を摘んで、ティーナに見せた。すると、「おはな！」と言った。

「うそ、喋れるんだ……こんなに早く成長するものだっけ？　子供って……」

「だれ？」

ティーナはロボットに聞いた。

「私は、ナンバー……」

『「」！　久しぶりに飲み行かね？』

とつぜん、ロボットの頭の中である言葉がフラッシュバックした。自分のものではない、軽快な男性の声。誰が言ったのかも、どこで言われたのかもわからないはずなのに、どこか、懐かしい。

あの人は、私の名前を呼んでいた。

私の、名前は——

「いや、私は……『ナギサ』」

「ナギサ！」

ナギサは、久しぶりに名前を呼ばれた。

もう忘れかけていた、自分の名前。

思い出させてくれた。

「ナギサ！　おはな、あげる！」

「……ありがとう」

言葉がこれだけ話せるなんて、知らなかった。最近あまりティーナにかまってあげられなかったのが理由だろう。

ズキン

「あれ？」

胸のあたりが、ズキンと痛んだ。チクリ、じゃない。痛い気がする、などでもない。本当に、痛い。もう痛覚もなにもないはずなのに。

きっと、なんでもない。そう自分に言い聞かせた。

「ティーナ、カエルを離して」

「え？」

「死にそう」

ティーナはナギサからカエルに目線を移した。カエルは、ティーナの握力で握りつぶされそうだ。

「げ、げろ……（シ、シヌ……）」

「あっ！」

ティーナは死にそうになっているカエルをすぐに離し、茂みへ帰した。カエルはぴょんぴょんと、逃げるように去っていった。

「けろけろ……」

「けろけろとはまた今度。そろそろ、お昼ご飯」

「ごはん！」

昼ご飯を作ろうと、ティーナを部屋に連れて帰ろうとしたが、ナギサはあることを思いつき、部屋の逆方向に足を向けた。

「……ティーナ、ちょっとお出かけ」

「おでけけ？」

ナギサは、そのまま部屋に帰るのではなく、ティーナを連れて、いつも鹿を狩っている場所へ行った。

そこはマンションから一キロほど離れた場所にあり、数十年前まで骨組みだけの建物が並んでいたが、今では砂漠のように砂しか残っていない。

「ナギサ？」

「よく見ていて」

ナギサは、あらかじめ持ってきていたライフルを用意して、離れたところにいる野生のシカに照準を合わせた。

「ライフルはこうやって使う」

そう言うと同時に、引き金を引くと、鋭い銃声が空気を切り裂いた。

「きゃっ」

ティーナは初めて聞く銃声に耳を押さえ、数秒するとティーナはナギサに抱きついてきた。

「ティーナ、鹿を見て」

「あっ」

鹿は、ナギサのライフルに撃ち抜かれ、地面に倒れていた。ティーナは少し悲しそうな顔をした。

「しかさん、死んじゃった……？」

「うん。でも、生きていくためにはこうする他ない。ごめん、驚いた？」

「うん……」

なぜ、ティーナの前で鹿を狩ったのかわからない。自分でも少し疑問が残る中、ティーナを連れて鹿の方へ行った。鹿を解体して、いつものように昼ご飯を作った。しかし、ティーナは鹿を少し残した。

仕方のないことだ。自分が殺さなかったら生きていたはずの命を食べているのだから。特に、子供は物や生物への執着心が強い。ぬいぐるみなんてまさにそうだ。

「食べない？」

「ううー」

首を縦に振って、もう一度スプーンを握りなおした。しかし、そう言いつつもあまり食が進まず、残った分はナギサが食べた。

「……ティーナ、ちょっとお昼寝しよう」

「ん」

ティーナは、昼ご飯を食べるとすぐに寝た。いつもなら夜八時くらいに寝ているが、今日は顔色が悪かったから、早めに寝かせた。

ティーナが眠っているベッドの横で、ナギサは膝を抱えて考え事をしていた。

どうして、ティーナを見ていると温かい気持ちになるんだろう。なんでティーナにここまで良くしてしまうんだろう。愛着、というものは考えにくい。自分はロボットだし、感情なんてものがない。知能とか、人並みの思考力とか、そういうものはあるけれど感情を感じたことはない。ロボットに感情があったら制御が大変だし、そもそもそんな機能つけるわけがない。

「わからない……」

すやすやと眠るティーナを見つめながら、夜通しずっと考えても答えは出てこなかった。


「……ナギサ、ナギサってば！」

曖昧な意識の中で聞こえる声を無視しながら、目をつぶったままにしようとすると、その声の主は声を荒げた。

「ナギサ！　起きて！」

「……起きる、今起きるから」

視界が開けると、そこには成長したティーナの姿がある。

「なんかいい夢でも見てたの？　珍しく笑ってるね」

あぁ、笑っていたんだ、私……。

ナギサは自身の手を握り、自分の体が動いていることを確認した。

あれから、十年。

ナギサとティーナは変わらずこのマンションで暮らしていた。ナギサは、ティーナにライフルの扱いなどを教え、ティーナは、髪が伸びて、もうすぐでナギサの身長を抜かしそうなほどにまで成長した。今のティーナは、十三歳。

「朝ご飯作っておいたよー」

「ありがと……」

「ナギサって、あーしが赤ちゃんの時より怠け者になってない？」

「……ティーナは頼りになるからね」

「もぉ」

ティーナは、だいたいのことは一人でできるようになった。生き抜くための知識をナギサが十年間教えてきた賜物だ。

優しく明るい子で、怒ると少し口が悪くなる。どこにでもいる十三歳の女の子……だけでなく、誰に似たのかティーナはどうやらパーフェクトコミュニケーションというものができるようで、文明が栄えていたころに生まれていたら人徳を積んで大成功していそうな子に育った。

育て親の自分が表情一つ変えないロボットだから、ティーナも同じようになってしまうのかと少し不安だったが、感情豊かな子に育ってくれて一安心だ。唯一直してほしいところは一人称が「あーし」というところだ。本人は違和感も何も感じていないが、かなりイタく見える。

ティーナにはもうライフルの使い方も、独りで生きていく術も教えている。でも、ティーナはいろいろと甘い。昔から、思いやりが強い。純粋すぎるんだ。もしも自分が壊れてしまった時、鹿やほかの生物を殺して食事をとることができるだろうか。

今の状態じゃ、ティーナはナギサが壊れた時死んでしまう。

「今日は遠くへ探索に行くんでしょ?」

「あぁ……もう準備できたの?」

「もっちろん!」

「そうか……じゃあ、待ってて」

体を起こして、準備をした。この地域の周辺をティーナに覚えさせておくために、たまに探索に行っている。

「準備できた」

「じゃあ行こう!」

今日は、三百年前、「渋谷」という名前だった場所に行く。前まではスクランブル交差点にたくさんの人たちが集まり、時にはその人口故に死者まで出ていた場所だ。しかし、今となっては信号も見受けられず、数十メートルの木々が生えている。それでも、ビルはまだ多く残っていて、面影を残している。

「シブヤか……前にナギサが話してくれたよね、前までは人でにぎわっていた所だったんでしょ」

「よく覚えていたね。もう数年前のことなのに」

「まあね。あーし記憶力はいいから！」

自慢げに言っているが、これは自他共に認める事実だ。ティーナは異様に記憶力がいい。ナギサが教えたことは全部覚えている。数十メートルはある木々が生えた川沿いを進みながら、なんてことない雑談をする。

「そういえばナギサ、洗濯物取り込んだっけ？　この空模様だともうすぐ雨になりそうだよ？」

「……まっずい、忘れてた」

「え……じゃあ、雨に濡れたまま放置して、戻ってくる頃には……」

「臭くなっているね……」

「嘘でしょぉ……」

渋谷への道のりは、まぁまぁ遠かった。少なくとも、一泊はするだろう。しかし、全く苦ではなかった。ティーナのおかげだ。本来ならきつい道のりも、ティーナがいるから少しマシになる。

「暇だからさー、しりとりしよ」

「りんご」

「ごま」

「まくら」

「ら？　らー……ライフル」

「物騒な言葉だね。じゃあ、ルール」

「る？　る、ルビー」

「ビール」

「び、びーる？　なにそれ」

「アルコールだよ」

「ん～……あ、ルアー！」

「アイドル。はい次『る』」

「る、る……わかんないよ！」

「じゃあ、私の勝ちだね」

「る攻めはずるいよ」

「これもひとつの戦法だよ」

「ずるいっ！　卑怯っ！」

そんなことを話していると、ビルが立ち並ぶ都会だった所にまで着いた。

「わー、広い！」

ティーナは、あまり都会に来たことがない。だから、田舎娘のような反応をする。だけど、人がいなくなったこの土地はもう都会とはいえない。

はしゃぐティーナを引っ張って、目的地へと進んでいった。多分ここはまだ埼玉あたりだ。

ここですでに興奮するって、典型的な田舎娘じゃないか。もしもティーナが文明が栄えている時代に生きていたら、信号待ちの人たちをなにかの列だと勘違いするような子になったんだろう。

日が暮れてきて、荒廃したビルの中に泊まることにした。

「おやすみぃ」

ティーナはいつもすぐに寝てしまう。まだ夕方だというのに、どうしてこんなにも早く眠れるんだ？

気持ち良さそうな寝顔を見ていると、いつもなんとなく撫でたくなる。それと同時に、少しの罪悪感が湧く。ロボットが育ての親だということ、いつかは壊れて、そばにいてあげられなくなること。

『ナギサっ！』


「……あれ？」

ふいに、頬に温かいものがつたった。

頬をつたった温かいもの、それは『涙』だった。

「なみ、だ？」

「なんで、どうして？」

涙は止まることなく、流れ続ける。とりあえず、涙を止めないとと思い、涙をぬぐって泣くのを止めようとする。それでも、止まらない。

「……うあ、あぁぁ……」

ついには、声を出してまで泣き始めてしまった。

（止まれ、止まってよ……）

いきなり出てきた涙の理由を必死に考えた。涙が出るような悲しいことが、なにかあったか？　そもそも自分に、涙腺なんて搭載されているわけがない。不要なものだ。そんなもの。

（なんでよ……）

「……あ、あああぁああ」

『もう、やだよぉ……こんなの、やだ……助けて、お願い……』

「あっ……」

突然、頭に流れ込んできた声。一度、声を聞くと、霞《かすみ》が晴れるようにその情景が浮かんでくる。自分に泣きついてくる女の子の声。それも、子供の声だ。年齢からは考えられないほど悲痛な叫び声。

私じゃない、誰か、大切な人……

「……そうだ、そうだよ」

思い出してしまった、全部。今まで引っかかっていた不思議なことが全部、わかってしまった。

『見てみて、あれ流星群だよね？　すごいよ……って、ナギサってば！　聞いてる？』

『ナギサ、いつもありがとうね。あーしのためにここまでしてくれて』

ナギサは、今まで過ごしてきたティーナとの十年間を思い出す。太陽のような眩しい笑顔を自分に向けるティーナの声と、遠い記憶の彼方で泣きじゃくっている少女の声がぐちゃぐちゃに混ざる。

〝自分がしなければいけない事〟が、苦しい。今までなんとも思っていなかったのに、こんな時になって、苦しくなる。

やりたくない。もっと、もっとあの子と一緒に居たい。

だけど、無理だ。

「どうすればいいのよ……」

後日、ナギサたちは渋谷に着き、二日ほど探索した後、家へ帰った。

そして数か月後、突然、ナギサが「行かなきゃいけないところができた」と言い、スカイツリーを目指すことになった。

なんでもないよ

「ナギサー、起きてー」

早朝、ティーナは寝転がっているナギサに声をかけて、必死に起こそうとしていた。

数日前、突然ナギサが「スカイツリー」という場所に行くよ、と言い出し、太陽が昇る少し前から早起きしなければならなくなった。

だというのに言い出しっぺの張本人が、未だ起きないのだ。

「ん、んぅ……」

ようやく、ナギサは眠そうに体を起こした。

「やっと起きた。ナギサ、今日はスカイツリーってとこに行くんでしょ？　あーしはもう準備できているから、玄関で待ってるよ」

「うん……」

目を擦りながら、ナギサは返事をした。まったく、とティーナは呆れてしまう。

少なくとも自分より十三歳以上年上のこの人は、博識で、ティーナが質問すると全て答えを返してくれる。だが、だらしない。特にこの寝坊癖は酷い。いつ見ても呆れる。

数十分ほどすると、ナギサは玄関に来て、「それじゃあ行こうか」と言い、出発した。

その道中、そういえばスカイツリーってどんなところなんだろう？と思い、ナギサに聞いてみた。

「そのスカイツリーって、いったいなに？」

「東京の観光地だよ。原型が残っているかどうかわからないけど」

「どういうこと？」

「文明が滅んでから、富士山の噴火があったんだ」

「ふじさん？　フジっていう人がいるの？」

「日本一高い山。それの噴火があって、いろいろ地形とか変わってるし、もしかしたらタワーが崩れていたりとかあるかもしれないよ」

「そんな簡単に崩れちゃうの？」

「うん。富士山の噴火はほかとは比べ物にならない大災害なんだ。一発放つだけで周りの地形は百八十度変わる。もう昔の地図は通用しないな」

「そうなんだね」

そして、家を出て二日目の朝。

二キロほど進んだ時、高い塔が見えてきた。その塔は上半分が折れていて、苔まみれだ。

「ここだ……」

「ここ？」

目を丸くするティーナに、ナギサは答え合わせをする。

「ここが、スカイツリー」

もう、かつての原型はないけれど、直感で解る。人がいなくなった、置物のような建物に風が吹き抜ける。

「……それじゃあ、ここで待とうか」

「待つ？」

「夜になるまでここで待機するよ」

「嘘でしょ」

ティーナは嫌そうな顔をする。当然のことだ。

だって今はだいたい朝八時。夜までとなると、十時間待機することになる。暇つぶしに、近くの駅を探索することにした。

「近くの駅って?」

「名前は憶えていないんだけど、広い駅だよ。もう売店もなにもかも残っていないと思うけどね」

「へぇ」

塔のすぐ近くにある、「南側入口」と書かれた地下通路への入口へ入っていく。地下通路は白いタイルで埋め尽くされていて、入ってすぐ階段があった。

売店だったものや、改札を見たり、線路に降りたりもしてみた。あっという間に時間が過ぎて、夜六時になった。

「それじゃあ、元の場所に戻ろうか」

「うん」

指示された時間は、夜八時。元の場所に戻ると、ティーナにある指示をした。

「ティーナ、ちょっとここで待っていてくれないかな?」

「うん。なにかあるの?」

一瞬、言葉に詰まった。

ナギサは、今できる精一杯の笑顔と一緒に言い聞かせた。

「大丈夫、なんでもないよ」

ティーナをそこに待たせて、準備に向かった。

ナギサに、ここで待っててと言われてから一時間。ナギサは全く帰ってこない。

どんどん日が落ちる中、ナギサもそばにいてくれない恐怖で、泣きそうになっていた。

「はやくかえってきてよぉ、なぎさぁ……」

壁にぐったりと寄りかかって、さっきのことを考えた。

あの時の、ナギサの笑顔。

今まで一度も見せなかった笑顔。

『なんでもない』という言葉。

「本当に大丈夫なのかなぁ？」

『なんでもないよ』

どうしようもない胸騒ぎが、胸の中をどんどんと埋めていく。

今にも崖から落ちそうなほどの不安が迫ってきて、なにもしようとしない自分に腹を立てていた。

「ナギサ、どこいったの？」

そう呟《つぶ》いた時、

「ごめん、待った？」

数メートル先、ナギサの姿が見えて、深いため息が出た。見たところ、ナギサには異変も怪我もなにもない。少し心配しすぎたな、と数分前までの自分に呆れた。

（まぁ、なにもなくてよかったな）

「あともう一時間だ。おしゃべりでもして暇をつぶそうか」

「……ずっと気になってたんだけどさ」

「どうしたの？」

あと、もう一時間。

そのもう一時間ってなに？

あと一時間したら、なにかあるの？

ねぇ、ナギサ。

「なんでも、ないんだよね？」

自分でも聞こえないような、震えた声を喉からひねり出した。さっきまでの胸騒ぎが的中したら、「なんでもない」という言葉が嘘だったら。

そんな、「もしかしたら」が怖かった。

自分は少なくともナギサと十年は一緒にいるのに、ナギサのことをなにも知らない。

なにも知らないから、ナギサの考えていることがわからない。

「なんでもないよ。大丈夫」

微笑むナギサを、ティーナはただ、見つめることしかできなかった。

これ以上考えても仕方ない。そう思考を切り替えて笑顔を作った。

「じゃあさ、またしりとりやろ！」

「……いや、昔話をしようか」

ナギサはティーナの顔を見ると、まるでおとぎ話のように話を始めた。

一つ目の話は、人類が栄えていたころの話。

二つ目は、食料の取り方。銃を使って狩猟をしたり、農耕をすると食物が取れる。

三つ目は、病気の話。肺炎や、がん。インフルエンザウイルスについての対処法。

四つ目は、『リベドルト』という組織の話。

「リベドルト？」

「生き残りの人類で結成された科学組織だよ。そうだな、作ろうと思えば『空飛ぶ車』ぐらい作れるんじゃないかな？」

「なにそれ？」

「空を飛ぶ車だよ」

「……そっか？」

空を飛ぶ車だよ、と言われても説明が足りないし、わかりにくいと感じたけれど、わざわざ追及するのも面倒くさいので黙っておいた。

そのリベドルトという組織は火山噴火によってできた、『ウィングフィールド』という島に拠点を置いているらしく、謎に包まれた組織だと言っていた。

「なんか、かっこいいね！」

「そう？」

「うん！　なんか、こう、〝謎〟って感じがいい！」

ナギサは「ふーん」と返した。もうあたりは星空に包まれて、誰かが光量つまみを間違えてぐいっと押し上げたように、ぎらぎらと光っていた。まるで、この日のために用意された舞台のように、不自然なくらいに。

「やっぱり、綺麗だね。星」

「ナギサってほんと星が好きだよね」

ナギサはギラギラと光る星たちを眺めながら言う。ティーナには、なぜ星が綺麗に見えるのかがよくわからなかった。でも、いつも楽しそうに星を見るナギサの姿が好きで、いつのまにか見てしまう。

「あれ、あれなんて言うんだっけ？」

「あれ？　あぁ、おうし座のことか」

「そう、それ！」

ティーナは、いつもナギサが星について詳しく教えてくるので、とても星座や星に詳しくなっていた。記憶力がいいおかげで、ナギサが教えたほとんどを覚えている。しかし、やはり星が綺麗という感覚はわからない。ティーナにとっては、星はただの空に浮かぶ物体だからだ。

「……そろそろか」

「?」

ティーナが首を傾《かし》げると、ナギサはつぶやいた。

「明日になったら、駅に身を隠して、少したったら帰って」

「え?」

いまいち言っていることが理解できず、どういうことか、と聞こうとした時、オレンジ色に染まっていく視界と空から聞こえる轟音で動きを止めた。空を見上げると、そこには自分たちに向かってくる巨大な物体があった。

「え? な、なにあれ」

その物体は先端がとがっていて、煙と火を出して自分たちのほうへ全速力で向かってきた。

あんなの、見たことない。

生き物? いや、違う。

……機械?

昔ナギサから教えてもらった。「機械」というのは人類が作った燃料を糧にして動くもので、人類の生活は機械に支えられていた。

ナギサも、「機械」らしい。

そうだ、確かあの機械の名前は……

(ロケット!)

「ナギサ!　逃げないと!」

「……」

「ねぇナギサ!」

何度言ってもナギサはティーナを無視する。

ロケットが近づくにつれて、どんどんと焦りは大きくなっていき、涙も浮かんできた。

「ねぇってば!」

無視をするナギサに怒りも覚え始めて、半ば強引に連れて行こうと手を引っ張った時、ナギサはようやく口を開いた。

「……ティーナ」

「えっ?」

ナギサは、くしゃっと顔を緩めて、満面の笑みで言った。

「生きて」

ドォンッ!!

目がやけどしそうなほどの眩しい光と共に、爆発音のような、なにかに思いっきり当たったかのような音があたりに響く。

ロケットは、見えない何かに当たって砕け散った。

よく目を凝らして見ると、空には駅全体を覆う、バリアのような透明な幕がドーム状に張られていて、それがロケットを防いでいた。ここに来た時には、あんなものなかったはずだ。

「えっ、え？　どうして？」

ナギサから手を放して見に行こうとした。しかし、ティーナの手はナギサに握られていて離せない。

「ナギサ、ごめん手ぇ離して」

ナギサにそう言った。でも、ナギサはまた返事をしない。

「ねぇ、ナギサってば。返事くらいしてよ。また無視？」

少し、怒っているように言ってみた。それでもナギサは返事をしない。無表情な顔で、光のない目で突っ立っている。

「ナギサ？」

そのあと、何度も名前を呼んだ。それでも、無視をするから、少し強めに手を引っ張った。それでもナギサは動かない。不安が徐々に、胸を押しつぶす。どんどんと声は、震えた怒鳴り声になっていった。

「ねぇ！　ふざけるのもいいかげんにしてよ！」

今までの人生でこれほどの大きな声を出したことがない。不安と、「もしも」という焦りでやや八つ当たりぎみになっていた。

「ナギサ!!」

そういって、ナギサの体を揺さぶる。すると体はバランスを崩して、地面に倒れこんだ。

さっきまで体に滾《たぎ》っていた怒りがさっとひいていく。

ティーナはナギサに駆け寄り、ナギサを起こして謝ろうと思った。ナギサの体を持って、ゆっくりと持ち上げる。倒れないように壁に寄りかからせて座らせた。

「ナギサ、ごめ――」

言葉が出てこなかった。

ナギサを見たからだ。

ナギサは倒れても表情一つ変えず、置物のように横たわっている。さっきまで隣にいてくれた人は、動かなくなってしまっている。
「……いや、だ。いやだよ、ナギサぁ……」
もしかしたら、もう、
ナギサが動くことはないのかもしれない。

数か月後
ティーナは大量に持ってきた食料のおかげで、なんとか駅で生き残っていた。ナギサは壁に寄りかからせて、ティーナは駅の売店でずっと夜を過ごしていた。しかし、もう食料も底をついてきて、動かなくなったナギサの体には苔が生え始めた。もう、生きる気力を失ってナギサの姿を見に行くこともやめた。ナギサの姿を見ると、泣きそうになるからだ。

もう、わかっていた。

ナギサは、「壊れた」んだ。

ロボットを修理する方法なんて知らない。ナギサがどうして壊れてしまったのかもわからない。ただひとつわかるのは、もうナギサには会えないということ。

ふと、残りの食料が入った袋に目線を移す。

ほとんど空っぽになった袋の中には、パンの耳が二つだけ。

あれがなくなったら、自分は……死へのカウントダウンが、迫っていた。

「おなかが空きすぎて、一人ぼっちのまま死ぬんだ。あーしは……」

ティーナは孤独が大嫌いだった。

単なる「嫌い」ではない。孤独はティーナにとってはアレルギーのようなものだった。孤独を味わうと、恐怖が無限に湧いて、涙がぼろぼろと出てくる。もうどこにも自分の居場所はないんじゃないか。そう思ってしまう。

もう、誰もいないんじゃないか、自分は世界に一人ぼっちなんじゃないか。そう思い込む。

そんな孤独を埋めてくれたのがナギサだった。

ティーナはナギサ以外の話し相手がいなかった。

自分には親がいなくて、いたとしても、もう遠いどこかにいるか、とっくに死んでいる。それはなぜか、赤ん坊の時から理解できた。

ティーナはずっとナギサに依存していた。

自分にとってナギサは母親で、ナギサ以外の依存先を知らなかった。

どちらかが壊れるか、死ぬか。別れが来ることなんてわかっていたのに、そんなこと考えたくない。といつも頭の中から消し去っていた。

そのせいで、もう自分には孤独が訪れない。そう勘違いしていた。

だからナギサが壊れても自分は、ずっとここを離れなかった。

この数か月の間で、ナギサの言動からティーナは、「ナギサは自分が壊れることがわかっていた」と知った。そうじゃなかったら、生きて、なんて言わない。

それを知っても、「だからなんなの」としか思わない。

壊れることを知っていたなら逃げればよかったじゃないか。

なんであーしを一人にしたの？

ねぇ、ナギサ……

「あ、あああぁ、ぅあああああああぁああ!!」

抑えきれなくなった感情が、涙となって駅に響いた。

「起きてよおおナギサあああああ!!!!!!」

しんどいよ。苦しいよ。なんで置いていったの？　行かないでよ。そばにいてよ！

泣いて、泣いて、泣いて。

体の機能として涙が止まったのは数時間経ったあとだった。

「無理だよ、一人ぼっちなんて……」


『生きて』


(……嫌だ。まだ、死にたくない)

そうだ、あーしはナギサに言われたんだ。

もう、生きる方法なんて教わった。

死にたくないなら、生きなきゃいけない。

「帰らなきゃ……生きなきゃ……」

涙をぬぐって、持っていたライフルを掴んで立ち上がった。改札を抜けて、地下から地上へと続く階段を上っていった。

「……鹿だ」

目の前、といっても遠く。野生の鹿がうろついていた。

鹿にばれない位置に移動して、ライフルを構えた。息を止めて、鹿に照準を合わせ、引き金を引いた。

バァン！

銃声と同時に鹿が倒れ、あたりに血が広がる。鹿に近づいて、苦しそうな息をしている鹿を再度撃ち、とどめを刺した。

初めて自分だけで、生き物を殺した。

その鹿を解体して、食べようとした時にはもう深夜だった。

空はあの日のように、星で埋め尽くされていて、こういう最悪な気分の時は普通は雨とか曇りだろうと考えつつ、ナギサが座っている近くに火をおこし、解体した鹿の肉を焼いた。横にはナギサがうんともすんとも言わずにいて、しばらく見ていないうちに自然と一体化したようになってしまった。そんな姿があまりにもむなしくて、肉が焼けるのを待っている最中、ナギサの体から苔や草を取り除いて自分が着ていた上着をかぶせた。

「ナーギサ」

いつものように、ナギサの名前を呼んでみる。返答は、わかっていたことだけれど、ない。

寂しくなって、焚火のほうへ行った。鹿は目を少し離していた間にすっかり焼けていて、火の中から取り出した。一瞬熱くて肉を取り落としそうになったけど、なんとか落とさず持つことができた。ナギサが作ってくれる肉より出来が悪くへたくそな食事に、大きく口を開けてばくりと噛みついた。

「……」

自然と涙がこぼれてきて、止まらなくなりそうになった。

でも、もう自分はそんなに弱くない。

涙をぬぐってさらに肉に噛みついた。

その日、涙は止まらなかったけれど泣きわめくことはもうなかった。

星空がぎらぎらと、うるさいくらいに綺麗に輝いていた。

翌朝

いつもより早く起きて、荷物をまとめた。

「帰ってくれ」と言われたから、ナギサを置いて、家に帰ることにした。いつもは心地良い虫やフクロウの声もナギサがいない夜は、怖くて怖くて仕方なかったけど、頑張って眠りについた。

ナギサを置いていくのは少し不安で、さらに損傷してしまったらどうしようとも考えたけれど、きっとこれがナギサの願いだったから、ナギサを置いて帰ることにした。とはいっても、外に野ざらしにするより駅の方が安全だと思い、自分が数か月生き延びることができた駅に置いた。

帰っている途中に気がついたことがあった。ナギサは、すごく遠回りをしていた。まっすぐに行けば一日で着く道を、ナギサは時間をかけて進んだ。

そして、一人だととても静かだった。

いつも隣で聞こえていた声は、もう聞けない。

そして、一日で家に着いた。

荷物を放り投げて、壊れたソファに寄りかかった。ずっと歩いてきたせいで今までにないくらい疲れがたまって、今にも眠ってしまいそうだった。しかし、テーブルになにか紙が置かれてあることに気がつき、ゆっくり起き上がった。

「なにあれ」

その紙には、ナギサの字で「ティーナへ」と書かれていて、ナギサが自分に送ったものだとわかった。

「ナギサが？　どうして？」

その手紙を開いてみると、軽く十枚は超えていそうな長い手紙が入っていた。その手紙を、声に出して読んだ。

「ティーナへ――」

『あなたがこの手紙を読んでいるっていうことは、私はもう壊れているということだね』

ああ、やっぱり。自分が壊れることを知っていたんだ。

ナギサの手紙は、まるで報告書だった。自分の言葉すら入れず、知識だけを入れていた。

『まず、一つ目。私は、リベドルトに作られたロボットなんだ。

いきなりなんにも言わずに壊れてしまってごめんね。私が壊れた訳、なんで世界はこんなことになったのか、自分はどこから来たのか。知りたいのなら、リベドルトに行ってみて。リベドルトは、生き残りの人類で結成された科学組織。世界を滅ぼした大厄災から逃れた人類、つまりは頭がいい人たちが三百年っていう膨大な時間で作り上げた、現代……ティーナからしたら、大昔か。〝旧現代〟だね。その時の技術とほぼ同等の力を持っている。知りたいなら、そこに行って』

リベドルト、確かナギサが壊れる寸前に言っていた、科学組織のことだ。どうせ最後まで読むのだし、地図はあとで読もう。

二つ目は――

何枚も、様々なことが書かれた文が続く。

本当に、感情も何も含まれていない、ただの図鑑のような文だった。

でも、最後。

最後の紙に、たった一行のメッセージがあった。

『ティーナ、大好きだよ』

たった一行。言葉に出しても一秒に満たない、それだけの言葉。

その言葉に、涙が出た。

「……リベドルトに、行けば、ナギサが直せる」

リベドルトは強大な科学組織。なら、ロボットを……ナギサを直す方法だって知ってるはず。もしかしたら、あのロケットもリベドルトが仕組んだものかもしれない。いや、もしかしたらじゃない。確実にそうだ。ロケットなんか作れるのなんて、リベドルトしかいない。ナギサが、自分を育てたことさえ、リベドルトがすべて……

わかんない。なにもわかんないよ。

なんでナギサが壊れたのか、どうして自分が壊れるのがわかっていたのに逃げなかったのか。リベドルトがナギサを壊してしまった理由。全部全部、わからない。

でも、リベドルトに行けば、ナギサに会える。わからないことが、わかる。

リベドルトの場所を示している地図を見た。今いる場所は、「栃木」。リベドルトは日本の一番南の島に近い場所、沖縄のすぐ近く。沖縄本島から離れた所に、北海道位の大きさがありそうな、気持ち悪いくらいに綺麗な円形の島がある。そこが、ウィングフィールドと呼ばれているリベドルトの本拠地がある島。

地図によると、リベドルトまで行くルートは二つあるらしい。一つ目は、太平洋付近を通っていくルート。こっちは危険生物が少ない。二つ目は日本海側を通っていくルート。こっちには「リベドルトの本土支部」が比較的多くあるらしい。リベドルトの本部はウィングフィールドにあるらしいが、日本本土にも支部を置いているらしい。それ以外にも、普通の人間じゃ太刀打ちできない猛獣が生息していたり、リベドルトの人間も未到達の、所謂《いわゆる》「秘境」というも途中で、死んでしまうかもしれない。道なんてわからない、一人で旅をしたこともない。でも、ナギサに会えないよりはマシだ。

（一つ目のルートを通っていこう）

のがあるなど、危険なルートだ。

「リベドルトへ行こう」

第二章　旅立ちと仲間

最初の出会い

旅に出てから一か月。初めの一週間こそは苦労したが、もうすっかり一人に慣れて、食料に困ることなく旅を進めていた……はずだった。

今は、おしゃれな煉瓦造りの建物が立ち並ぶ交差点で、一休みしていた。ここは他の所に比べたら随分原形が残っているほうで、所々に煉瓦の破片が落ちていて、道路の白線もうっすらと微妙に見える。建物の骨組みも残っている。

問題はそこじゃない。初めのころはまだ持ってきた食料があったからよかったんだ。でもここ最近ずっと、食料が魚しか取れていない。なかなか獲物になる動物が見つからないからだ。確かにここら辺は茂みも木も少なく、まだ町の面影を残しているため動物が住むのには向いていないのかもしれない。でもおかしくないか、この少なさは。今のところ鳥どころか蝶すら見かけない。

空腹状態で何キロも歩いて、ティーナは今、疲労の絶頂に立たされていた。

「はーあ」

どうせここで休んでいても獲物は見つからない、そう気づき、海よりも深いため息をつきながら立ち上がって、今にも鳴りそうな自身の腹を押さえながら進んでいった。

今思うと、ナギサは本当にすごかったんだなぁ。

すぐに肉を見つけて、洗濯も一人でできて、子供一人育てたんだ。こんな状況の世界で。

(ああいうのって慣れで身につくものなのかなぁ?)

ため息をつきながら食料になるものを探していると、マンションのような建物の中からなにかが出てくる気配がした。すぐに遮蔽物に隠れて、その気配の正体を探した。灰色の動く物体が目に留まり、よく目を凝らしてその物体の正体を探った。

建物から出てきたのは、狼だった。

「狼か……」

狼は基本的に群れで暮らす生き物で、単体で行動する時はたいてい獲物を探しに行っている時だ。狼たちはとても凶暴で、自分より弱いと認識した生物を見境なく襲う猛獣だ。だから、狼を見つけたらまず隠れなければならない。すぐに隠れたのは正解だったな。あの時判断を間違えていたら今頃もう命はなかったかもしれない。その狼は濁った灰色の毛色をしていて、大きさはだいたい、自分よりも少し大きいぐらいだ。狼にしては小さい個体のほうだ。

（まぁけど、油断したら殺されちゃうんだよなぁ……ってかここら辺に動物全くいないのって、あの狼が食ってるからだよね？　すっごい迷惑。まぁ、あの一頭だけ狙うほうが一番の安全策なんだけど……）

しかし、今現在のティーナは空腹状態。あの一頭の狼どころか、その狼の群れまでも全部食べてしまいたいほど腹が減っている。

（あの狼についていけば、もっとたくさんの狼が……）

そして気がつけば無意識のうちに、あとをつけて狼の群れを見つけていた。

その群れの狼の数は十頭ほどで、大きいものから小さいもの、子供までたくさんいたが、たった一頭、あきらかに他とは違う雰囲気を出している狼がいた。

（あのでっかい奴が群れのボスかな。あいつさえ仕留めちゃえば、残りは楽に終わりそうだ）

その狼は、五メートルはある巨大な体に、黄色く光る鋭い目、顔には古傷があった。いかにも、「強者」らしい見た目だ。その巨体から出るオーラのようなものは、威厳のようにも感じられた。

ライフルに弾を込めて、そのボスの狼を狙った。まさか自分が狙われているとも思わずに、少しも動いたりしないので狙いやすい。深呼吸を二回、スコープを覗いて敵の頭に照準を合わせ、引き金を引いた。

「ごめん」

ボスの狼に向かって銃を撃ち、あとはほかの狼たちに位置がばれないようにいったん逃げようと思った。

しかし、スコープから覗いた光景に目を見張り、逃げることができなかった。

「え……?」

そのボス狼には、傷一つついていなかった。

ティーナはライフルを下ろし、目を丸くする。

その狼の周りをよく見てみると、小さな個体がボス狼のそばに倒れていた。その狼は、銃で撃たれたような傷があった。

(ボスを、かばった……?)

一度弾を外したせいで、群れの狼すべてにこちらの位置がばれた。こうなったらもう戦うしかない、もう一度弾を込めてスコープを覗いた時、視界が真っ暗に染まっていた。

まさか。全身が寒気に襲われる。

スコープから目を離し、見上げると巨大な狼が立っていた。

逃げようと周りを見回すと、もうすでにほかの狼たちに囲まれていた。狼たちの目線はこちらに向けられていて、もう逃げ場はなくなっていた。

殺される。

その恐怖で足が動かなくなり、その場に座り込んだ。もうこの状況でライフルを用意することはできない。

あーし、こんなところで死んじゃうの？

ナギサにも、会えずに？

そして、ボス狼は、ティーナに牙を向けて襲い掛かった。ティーナは強い恐怖で目をつぶった。

「いやっ……！」

その時、狼の断末魔の叫びが、聞こえた。

「――え？」

痛く、ない。

襲われたはずなのに、どうしてなんだろう。もしかして、死んだ？　死んだから痛くないの？

違和感を覚え目を開けた。

さっきまで自分に牙を向けていた狼たちは、すべて残らず、血まみれで死んでいた。狼たちには切り付けられたような跡があった。訳もわからず目を白黒させていると、

「無事か？」

「いやあああああっ！」

急に聞こえてきた男の声に驚いて奇声をあげた。すると声の主は「うるせぇな」と呆れたように言う。

（え、人？　男の子？）

声がするほうに目を向けた。声は、死んだボス狼のほうから聞こえた。ゆっくりと振り向き、周りを見渡した。

「ここだよ、ここ。狼の上」

「え？」

言われた通り、倒れた狼の上に誰がいるのか、とボス狼を見上げた。そして、ようやく声の主を見つけた。

紺色の髪に青と黄色のオッドアイ、真っ赤に染まったナイフを持った、すごく整った顔の、年も大して変わらない男の子が、狼の上にあぐらをかいて座っていた。

突如現れたその人は

狼に殺されそうになっていたティーナに駆け付けたその人は、自分と年も同じくらいの男の子だった。突如、ヒーローのように現れた男の子は狼の上から飛び降りて、ティーナに近づいてきた。

「怪我ないか?」

「う、うん。ありがと……」

するど、男の子はさらに自分に近づいてきた。

(え、なんか聞くことでもあるの? というかこれ、もしかしてこの人と仲良くなっちゃったりする!?)

突如駆け付けた男の子と仲間になり、絆を深めていく……昔、ナギサに教えてもらった、そういう「王道展開」の始まりなんじゃないか、これは。「何番煎じかもわからないぐらい、あるあるすぎるストーリーだけどね」と、ナギサは言っていたが。

これは絶対なんか聞かれる。そうに決まってる。と身構えたが……

「じゃあな」

男の子は、「名前は？」などと聞くこともなく、自分の横をすり抜けていこうとした。

え、ちょっと待って、なにもないの？

さっきまでくだらない妄想をしていた自分と、予想を裏切られたことになぜか腹を立て、ティーナは彼の腕を掴み、引き留めた。男の子は一瞬目を見開き、すぐに聞き返した。

「うわっ、なんだよ、まだなにか――」

「さらっと人を救ってなにも言わずに帰る人がどこにいんの！」

「はぁ？　別にどうしようと俺の勝手だろ」

ごもっとも。冷静に考えたらそうだけれど、さすがに「じゃあね」で行っちゃうのってどうなのよ。絶対見た目が……主に角の事でどーのこーの、って追及を受けると思っていたのに、ここまでくると逆にこっちがむかついてくる。気味悪がられることだって覚悟していたのに。

「勝手じゃない！　自己紹介もせずに帰らないでよ！　それに、自分で言うのもどうかと思うけど、白い髪に角！　めっちゃ少ない人間の中でもさらにレアな見た目のあーしに、なんの質問もしないでいく!?」

「あーっ！　しつけーなー‼」

その人とはしばらく言い合いになって、落ち着いた時には一時間が経過していた。思い返してみると、とてもくだらない。あーだこーだ、泣きわめく赤ん坊みたいに騒いだ。とりあえず、『あんた』『お前』で呼び合うのはなんとなく嫌なので、自己紹介だけはしておこうと思った。

「とりあえず、あーしのほうから自己紹介。あーしの名前はティーナ、十三歳」

「……そっか」

そっけない発言に、またカチンときた。

「そっか。じゃないでしょ！　普通この流れだったら『俺の名前は……』って続いて自己紹介するもんでしょ！」

「……お前の旅の目的がわかるまで、言いたくない」

意味がわからないことを言う男の子に、ティーナはあからさまに不機嫌な声で聞き返す。旅の目的がわかるまでって、どういうことなんだ。

「はあ？」

男の子はティーナを睨《にら》みつけると、不機嫌そうに聞いた。

「お前、旅の目的はなんだ？」

「リベドルト……っていう所を目指してる」

リベドルト、その単語に反応したのか、男の子はティーナに目線を移した。ようやく興味持ってくれたか、と少しのため息をこぼす。

「……知ってんのか、お前も」

「え、うん。あんたも知ってるんだ」

「そいつらの仲間か？」

「ううん。真逆。むしろ殴り込みに近いかも」

「……」

そう言うとまた男の子は黙り込んだ。

助けてもらっておいてなんだけど、この人は苦手だ。口数が少ないしコミュニケーションが取りにくい。こういう人が、ナギサが言う「陰キャ」とか、態度が悪い人っていうやつなのかな。と、本日二度目のため息を零す。

男の子はしばらくすると、また元の調子に戻って質問してきた。

「もっと具体的な理由。なんでリベドルトを目指しているのか、なんでその存在を知っているのか」

「えっとね……私の育ての親はリベドルトに作られたロボットなんだけどね、その人が壊れちゃったの。だから、リベドルトに行けば直す方法がわかるかもなって」

「リベドルトについてどんなことを知ってる。支部の場所とか、権力者とか、なんでもいいから」

　自己紹介はしないのに、リベドルトに関してはやけに食い気味に質問してくる。いったい、なぜそこまでリベドルトについて知りたいのだろうか。この人が、もしも普通にこの世界に生まれて育ったのなら、リベドルトなんて危険（そう）な組織、知らないほうが当然だ。なのに、名前を聞いた途端、食い気味に質問してくるほどの執着を持っている。もしかしたらリベドルトを同じく目指しているかもしれない。それなら申し訳ない。こっちはリベドルトのことは「危ない科学組織」というのと「だいたいの場所」しかわからないのだ。

「危ない謎の科学組織……ってことだけ」

「……はあ」

　ティーナが答えると、男の子はすぐにため息をついた。そこでティーナのイライラゲージは五十パーセントを超えて、段々とそのイライラが態度や口調にまで出てくるようになった。

「なんでため息？」

「いや、なんでもない。あー、それより自己紹介だったか？　俺の名前はログ。お前と同じく、リベドルトを目指して旅してる。年は十五」

「……年上なんだ」

続いて、なぜリベドルトに関してそこまで食い気味に詰めてくるのか聞こうとしたら、ログは「それじゃ……」と続けて先手をとった。

「それじゃあもう行くわ」

「いや、だからなんで行こうとすんの!!!!!!」


結局今日は、ログと一緒に公園の跡地で寝ることにした。自分にとっては初めて見る人間で、このまま「じゃあね」だけで別れることは避けたかった。

一方のログは、それはもう態度が悪くてあからさまに機嫌が悪い。

「ログはなんで旅してるの？」

さっき獲れた狼の肉を焼きながら、ログに話しかける。

「別に」

「理由を聞いているんだけど。なんなの？『別に』が理由？」

理由を聞いても答えないその態度にさすがにまじめに腹が立ち始め、睨みつけて言った。ナギサ曰く、女性がこういうふうに不機嫌そうに言うとちょっと空気が悪くなるらしい。

「……いろいろ。家出のついでみたいなもんだよ」

「家出って……」

「もう理由は言っただろ。これ以上は聞くな」

家出、という言葉が少し気になったが、あまり触れてはいけないものだと思い、考えないようにした。それよりも……

さっきの狼の時みたいに、この調子じゃリベドルトどころか、ウィングフィールドにも着けずに死ぬ。

そのためには、ログの力が必要だ。ログの力は本当にすごい。認めたくはないけれど、自分より遥かに強い。

「あのさ」

「？」

勇気を出して、とりあえず冗談みたいな感じで誘ってみることにした。

「あーしと一緒に旅しない？」「やだよ」

またもや、食い気味に言われた。

「アッシュウルフごときで死にかけているような相手とタッグを組むメリットがない。足手まといだ」

ティーナは「足手まとい」という無礼な発言に言い返した。

「失礼すぎじゃない⁉　事実だけどさ‼」

「っるーせな！　逆にお前は俺と組んでなにかメリットでもあるのかよ！」

「うっ……」

あんたの力はすごい、って言うのも癪に障るが、それ以上に、本当の目的がばれたくない。

「もしかして、一人だと怖いとか？」

バレたくないと思った直後、図星をつかれてびくりと固まった。

「あー、図星か。まぁ、俺がいないと死ぬっていうのもあるだろうな」

「もういい！」

二つの目的が同時にばれてしまったことが悔しくて、恥ずかしくて、焼けた骨付き肉を思いっきりログに投げつけた。

「できたよ！」

「おわっと、あぶねえ」

ログはティーナが投げた骨付き肉の骨をキャッチして「ありがとな」と言って食べ始めた。

こいつ、うざい。

そう思いながら、ティーナも骨付き肉を食べ始めた。アッシュウルフの肉は頬がとろけ落ちそうなほどうまかったが、ログに馬鹿にされたせいでとても苦くまずく感じた。

「あんた、性格悪いって言われるでしょ」

「言われる相手がまずいねえよ。それよりお前、本当にリベドルトについてなにも知らねーのか？」

「うん」

「……はぁ。手がかりゼロか」

またもやため息をつかれた。

もう話すのが面倒くさくなって、食べ終わったらすぐに寝た。

翌朝

目が覚めると、もう朝方で、眠い体を起こしてあたりを見回した。

「あれ、ログは？」

どこにもログがいない。

まさか、もう出て行った？　さよならも言わずに？

「……あのクズ、誘わなくて正解だったな」

普段は心のうちにしまっている暴言が口に出てきて、いらいらしながら着替え始めた。すると、突然地震のような強い衝撃が響いた。ティーナは小さく悲鳴をあげる。

その衝撃音は、公園のすぐ近くから聞こえた。

「なんなの、朝から……！」

ぱぱっと支度をして衝撃音のほうへ向かってみると、そこには

「嘘でしょ……」

昨日の数倍大きいアッシュウルフが現れていた。ログは傷を負っていて劣勢のようだ。

「ックソ、なんなんだよ、こいつ!!」

アッシュウルフの体には切り付けられた跡があり、ログはティーナが起きるずっと前から

戦っていたようだ。咄嗟に、ティーナはログの方へ駆け寄ろうとする。

「ログ！」

ログは一瞬目を丸くした。しかし、すぐにティーナに向けて怒鳴った。

「ティーナ⁉　なにやってんだ、早く逃げろ！」

ログはティーナのほうによそ見をしていた。そのせいで、背後から来る相手の打撃に気がつかず、そのまま殴り飛ばされた。

「うっ！」

「ログ！」

傷ついたログを見て、ティーナは公園へ走った。それを見てログは、ほっと一息ついた。

（そう、そうだよ、早く逃げろ）

動けないログにアッシュウルフはどんどんと近づいてきて、ログは反撃を諦めた。ただでさえこんなに硬いアッシュウルフの体を、この傷ついた体でどうにかすることなんてできない。

死ぬな、これ。

（クソ……）

アッシュウルフの牙がログに向けられたその時、鋭い銃声と共に、アッシュウルフが地面に倒れた。

「……は？」

「ログ！　大丈夫⁉」

公園のほうからティーナがライフルを持って走ってきているのを見て、ログはただひたすらに困惑した。ティーナは逃げたのではなく、ログを助けるために戻ったのだ。

「え、なんで？　逃げたんじゃなかったのかよ」

「あのねぇ、死にそうになってる人を見殺しにできる？」

「……」

「でも、よくログも逃げなかったね」

「あ？」

「だってさ、昨日ログは『メリット』という言葉めっちゃ使うし、あーしがリベドルトの情報持ってなかったら『はぁ』ってため息つくやら、ほかにもいろいろ性格悪いこと言ってたし、ああ、この人ってメリットデメリットしか気にしない合理的な冷たい人なんだ、って思ったんだ。だからさ、アッシュウルフがこっちに近づいてきても、あーしを置いて逃げるのが一番面倒ごとにも関わらない合理的な策のはずなのに、どうして戦ってたんだろうなーって」

ティーナはずらーっと言った。

「……お前と同じだよ」

ログは目線を逸らした。

「え？」

お前と同じ、その言葉の意味を必死に考えた。そんな時、自分がさっき言った言葉を思い出した。

『あのねぇ、死にそうになってる人を見殺しにできる？』

「もしかして、あーしを守るために戦ってくれてたの？」

「……」

ログは、ばつが悪そうにそっぽを向いている。

「あーしが来るずっと前から、足止めしてくれてたの？」

「……」

「あんな傷負ってまで？」

「……この件で俺を見直して、やっぱり仲間にしようとか考えても無駄だからな」

またもや考えていたことを見抜かれて、ドキッとした。しかし今回は恥ずかしい、などの感情は全くなく、それよりも理由を聞きたかった。

「どうして？」

「お前は、人殺しと仲良くできるか？」

「えっ？」

ログは、一瞬ティーナを睨みつけたが、すぐに他の話題に切り替えた。

「昔一緒に旅をしてる仲間がいた。仲間っつーか、『兄弟みたいなもの』だな。あいつはいい奴だったよ。でも、襲われた時、あいつは俺をかばって死んだ」

「あ……」

ログの言いたいことが、すぐにわかった。

ログはもう、誰かが死ぬのを見たくないんだ。

「これ以上誰かが死ぬの見るくらいだったら、仲間なんていらない。理由はこれで十分だろ？」

その時、ログは振り返って、初めて笑った。とても、悲しそうに。

ログはそのまま、立ち去ろうとした。そんな彼の背中を見ているのが嫌で嫌で仕方なくて、気がつけばまた、ログを引き留めていた。

「なんだよ」

「傷、手当てする」

「はぁ？」

「いいから来て」

「なんだよ、いったい」

「これはただのわがまま。いいから来て」

ログをそのまま公園へ引っ張っていき、持ってきていた包帯や絆創膏を取り出した。

「別にこれくらい一人でできるんだけど……」

「いいの。あーしがやるの」

ログは珍しく反論もしないで、おとなしく手当てを受けた。背中のほうにかなり傷を負っていて、よくこの傷で生きてたな、と思った。これは恐らく、傷が残ってしまうだろう。その途中で、ティーナはどうしても言いたかったことがあり、怒られるのを覚悟で言った。

「ねぇ、もしかしてさ」

「？」

「ログってわざと態度悪くしてたの？」

「っ……」

後ろ姿からでもわかる動揺にティーナは気がつかず、さらに追い打ちをかける。

「態度悪くふるまっておけば『こいつ仲間に誘うのだけは絶対嫌だ』とかあーしが思って、面倒ごともなく別れられると思ったからなの？　あーしのこと死なせたくなかったから？」

「う……」

（え、嘘でしょまさか図星？）

笑うな、笑うな。ティーナは自分に言い聞かせる。

この人が自分に態度悪くふるまっていたのは「誰も失いたくない」という思いからだ。

そもそもこの人は自分を守っていてくれたじゃないか。だが、正直すぎる口角は緩んで上がっていっている。だって、あんな『俺は一匹狼だ……』というオーラを自ら発していたなんて……ましてや、それがバレて赤面しているなんて、境遇やその理由が酷くても、面白いと思ってしまうのだ。

「ふふっ……」

「笑ってんじゃねえよ！」

「いや、あの、そうじゃなくてね……ありがとうね、ログ」

「はぁ？」

ログはティーナの方を振り向く。絶対に馬鹿にされると思っていたのか、意外そうだ。

「いろいろ考えてくれてたし、あーしのこと助けてくれたじゃん。だから、ありがとう」

ログは、目を丸くした。いろんなところに目を泳がせて、結局は俯《うつむ》いた。そして、しばらくした後、

「……あぁ」

そう、小さく頷いた。

そして、手当てが終わった時、ティーナはログに改めて仲間になってほしいと頼んだ。

「だから、嫌だって」

「ログには仲間が必要だよ。それに、アッシュウルフと戦ってた時、あーしが来てなかったら死んでたよ？　なにより、あーしはログを仲間にしたい。強いしね」

「……もしお前が死んだら、どうすんだよ」

「その時は呪っていいよ」

「呪うって……」ログは呆れ顔でティーナを見る。

「それにさ、なんかログが笑った時、さみしそうだったからさ、あーしなんか悔しいというか、なんであーしはこの人にこんな顔させてるんだろって……これはただのあーしのわがままだよ」

今度は、はっきり言えた。

ログはそれを聞くと、目を丸くした。しかし、すぐに表情が柔らかくなって、笑い出した。

「はは……わかったよ。わがまま、聞いてやるよ」

「ほんと！　ありがとおぉ、ログーっ！」

ティーナは喜びのあまりログの手を握り、満面の笑みで言った。あまりにキラキラしている笑顔に、ログは苦笑いをうかべる。

「それと、ありがとな、ティーナ」

「ふぇ？」

人が真剣に感謝を伝えているというのに、きょとんとしたままの彼女の頬を引っ張ってやりたくなった。そうしたらきっと、「痛い痛い！」と間抜けな反応をしてくれるだろうから。

「……騙されてみるか」

当たり前のこと

あれから二日。今は木がアーチのようになっている森を歩いていた。ティーナとログはそれなりに仲良くなり、今は笑いながら雑談をするくらいだ。さっき湖でクジラくらいの大きさがありそうな魚に襲われ、全速力で逃げてきたところだった。

「さっきの魚、大きかったねー」

「あれマジでビビったわ」

「あれをさばいて食べたらおいしかっただろうなぁ」

「どんだけ食いしん坊なんだよ」

そんな雑談をしていると、突如足元から可愛い鳴き声が聞こえてきた。

「にゃあぁ」

足元を見ると、自分たちを見上げながら体をこすりつけてくる愛くるしい見た目の黒猫がいた。

「可愛い！」

「なんだこいつ？」

「あんた名前はー？　どこからきたのー？」

猫にデレデレしているティーナに、ログは若干引き気味だった。確かに可愛いけれども。

猫はティーナたちから離れると、振り返って「にゃー」と鳴いた。

「こっちに来てって言ってるのかな？」

「わかるのか？」

「なんとなくだよ」

するると、猫は全速力で走り始めた。ティーナとログは、慌てて猫に追いつこうと全力疾走をした。しかし人間の全速力が猫の全速力にかなうわけもなく、猫がストップした時にはお互いに倒れそうになり、足が生まれたての小鹿のようにプルプルと震えていた。

「にゃぁ、にゃー」

今にも倒れそうになっているログと、もうすでに倒れているティーナに猫は「早く来い」と言わんばかりににゃあにゃあと鳴く。

「ご、ごめんね……ちょっと休憩……」

「にゃー！」

ティーナがそう言うと猫は怒ったように鳴く。怒らせたら嫌だなぁ、と思って疲れ切った体を起こして猫についていった。

「なんなのぉ？」ティーナが発した声は、息があがって裏返っていた。

「わりぃ、ティーナ……ちょっと、肩かしてくれ」

ログは貸してくれとは言ったものの、無許可でティーナの肩に寄りかかった。

「限界？」

「あぁ……」

ティーナはいつもだったら「シャキッとしろ」と言っていたところだが、これぱっかりは仕方がないと、おそらく自分より重いであろうログに肩を貸しながら進んでいった。数分歩くと、明らかに人為的に作られた川と橋があり、橋を渡った先には巨大な建造物があった。猫はそこで立ち止まり、ティーナとログを待った。

「待ってぇ……」

二人はようやく猫に追いついた。二人はフルマラソンを休みなしで走り切ったあとのような状態の震える足で猫に近づいた。

「おい、ちび助。なんなんだよ、俺たちこんな走らせて」

「シャーッ！」

憤慨した様子の猫は、ログに思いきり嚙みついた。

「いってててて！」

「ちび助とか言うからだよ」

猫に嚙まれた右手を痛そうに見つめるログをティーナは慰めもしないで、むしろ加害者側に味方している。被害者の日ごろの行いが悪いのか、嚙んだ猫に怒る気にもなれないのか。

「にゃあ」

今度は猫は、橋を渡って川のほうへ進みだした。その川は落とし穴のようにも見え、怖いなぁと思いながら橋を渡っていった。橋を渡りきったところで猫は立ち止まり、そばにある木の上に向かって鳴いた。もしかして、と思って木の上をよく見てみると、自分たちを連れてきた猫より一回り小さい黒い子猫がプルプルと震えながら自分たちを見ていた。どうやら黒猫は自分の子供を助けてほしくてティーナたちを呼んだようだ。

「あー、やっぱり。こういうあるあるシチュエーションって本当に遭遇するもんなんだね」

そこまで大きい木でもなかったが、自分の身長では枝の上まで届かない。そして、自分には木の上まで登る筋力もない。

「ログ、あの子助けられる?」

「わぁーったよ」

ログは、よっと反動をつけて木の上に飛び乗った。

「おーい!　ちび助その二。助けてやっから、ほら飛び乗れ」

ログはそう言って、プルプル震えている子猫に手を差し伸べた。子猫はゆっくりと近づいていき、そして……

カプリッ!

「いっ……てぇな!　おい、なんで噛むんだよ!」

噛まれた痛みで枝から手を離し、ログは地面へ落っこちていった。

「えっ、大丈夫!?」

ティーナが慌てて駆け寄っていくと、ログは頭を抱えて木の上にいる猫を見上げた。

「あの野郎……!」

「嫌われちゃったんだね……もういいや。あーしが登ってくるよ」

木登りなど人生で一度も挑戦したことがない。だが、ログが子猫に嫌われてしまった以上、

自分しかいない。なんとか、登ってみようと木に手をかけた。すると、

「あ、登れた」

普通に登れた。やればできるものだなぁ。ティーナは、子猫に手を差し出す。

「ほらー、おいで。あーしはさっきの奴みたいな不審者じゃないよ～」

「一言余計だ」

するとと子猫は近づいてきてくれて、噛むこともしないでティーナの肩に乗っかった。なんとか子猫も懐いてくれて、一安心だ。

さて、降り――

「……」

高い。

登ってきた時は微塵も気にしなかったけど、ここから地面まで少なくとも五～六メートルはあるじゃないか。この高さを、降りるの？

「あんたが降りられなかった理由、なんとなくわかったよ……」ティーナは子猫に言った。

助けを求められる相手は、ログだけだ。しかし、ログは確かに優しいところもあるが、基本的に性格が悪い。そんな奴に助けを求めたら、バカにされるかもしれない。自分で降りるしか

ない。

「フー……」

深呼吸して、自分に「大丈夫だ」と言い聞かせた。

慎重に降りようと、ゆっくり立った。本来ならグラグラとバランスを崩すこともなく立てるのだが、ここから落ちたら死にはしなくとも絶対に痛い。怖い。そんな感情があるせいでぐらぐらと体がぶれる。

「おっとととと……」

腕をぶん回してバランスを取ろう……としたが、かえってそれが逆効果になり、片方の足に「立っている」という感覚がなくなった。

「ふぇ?」

足を踏み外して、そのまま重心が踏み外したほうの足に寄っていった。一瞬体がふわっと浮いたかと思えば、頭に強い衝撃が走った。

「ふげ!」

目先に見えるのは地面だ。どうやら、落ちたらしい。

痛む頭を押さえながらさっき肩に乗っていたはずの子猫を探した。

「にゃ……」

子猫は自分の片手の中に乗っていて、怪我などは見当たらない。

「よかったぁ……」

ひとまず、この子が助かったなら結果オーライだ。

「おいティーナ！」

「ログ？」

すぐにログが駆け寄ってきて、心配そうな目でティーナを見た。しかし、ティーナの無事がわかると、呆れ顔になって、ため息をついた。

「なにやってんだよ」

「ごめん……」

子猫は自分を助けてくれた人の怪我すら気にせず、自分の親の元へ走っていった。

「にゃあ！」

「あはは……助かってよかったんだけどさ……」

「薄情すぎんだろ、ちび助二匹。それより、お前、怖いなら怖いって言えばよかったじゃねえか」

「う゛」

「ばればれだぜ？　怖がってんの」

「うっ……」

「なのに無理して落っこちるとか、馬鹿だなあ」

「うるっさい！」

まじめに呆れられるより、からかってくれたほうがまだマシだった。いつのまにか、もう猫たちは去っていた。本当に薄情な猫だな。

「さてと、行くか」

「本当に怪我してねえよな？」

「大丈夫だよ」

本当は大丈夫じゃないけど、余計な心配をかけたくないし、猛烈に頭が痛いことは黙って進んだ。

「あれ？　これ、もしかして銅像？」

帰ろうとした時、所々欠けている銅像を見つけた。その銅像は鎧を着た人が馬に乗っている。きっと、戦国武将かなにかだろう。

「じゃあここ、もしかしたら城跡かな？」

「城跡？　なんだそれ」

「え？　知らないの？」

「初耳だ」

「昔の人たちが作った家……じゃないな。なんて言ったらいいんだろう。こう、江戸時代とかそれぐらいのころに、えらい人たちが敵から守るためーとか、自分の力を示してやるぜー！とか、そういう目的のために作った建物のことを城って言って、それの跡地？って言ってた」

「昔の人たち？　エドジダイ？　なんだそれ」ログはまだきょとんとしている。

「三百年前の人たち。文明が栄えていたころの人たちだよ。江戸時代はそれよりずっと前ね。侍とか、刀とか、ちょんまげとかあったころ」

「はぁ？　三百年前？　文明が栄えていたころ？　さっきからなに言ってんだ？」

「え、いやだから城跡についての話を……え？　まさか、知らないの？」

みんなが当たり前に知っていると思っていた、「三百年前に文明が栄えていて、人間もたくさんいた」という事実。まさか、知っているのは、自分だけなのか？

「あのね……」

文明を知らないログにいろいろと解説すると、ログは顔色を変えた。「あっ、やばい、なんか気に障ること言ったかな」と背筋がひやっとした。そして、ログはティーナの肩を掴みぐらぐらと前後に振った。

「おい！　なんでそんな重要な情報を黙ってたんだよ⁉　栄えてた文明ってなんだよ！　もっと早く教えろよ！」

「やめてやめて！　振り回さないで！　頭痛いし吐きそう！」

ようやくログに振り回すのを止めてもらった。なんだか視界が歪んで見えて、目の周りには星が回って見えていた。

「ううぅ……」

「ったく」

「ひどいよ……それより、本当に知らないんだね？」

一歩歩けば前進する、それぐらい、当たり前のことだと思っていた。でもログはこのことを全く知らなくて、この情報は現在、自分だけの専売特許になっている。

「そんなの、誰から聞いたんだよ」

「え？　どういう意味？」

「だーかーら！『文明が滅んだ』ってのは誰から聞いたんだって言ってんだよ」

「ナギサ……って言ってもわかんないか。育ての親だよ。この前言ってた、リベドルトのロボット」

ナギサのことを話すと、どうしてもナギサが壊れてしまったあの日を思い出すから、それ以上のことをログには言わないようにした。ログはそれを聞くと、目をそらしてどこか気まずそうな表情をした。

「親、ね……。いい人だったんだろうな」

「うん！　まぁ、とりあえず。進もう？」

「あぁ。でももう行くのか？　貴重なんじゃねえのか？　こういう建物の跡とか」

「いいのいいの。あーし、そんなにお侍とか興味ないんだよね」

そのあとも、ログと話しながら進んでいった。

「そういえば、目的地はちゃんとわかってるのか？」

「うん。ナギサが残しておいてくれた地図があるからね。こっちの方向で、合ってるはずだよ」

「……なぁ、なんでその『ナギサ』ってそんな詳しいこと知ってるんだ？」

「え？」

ログは目を合わせずに不思議そうに聞いてきた。なんの悪気もないような、あっけらかんとした声で。

そういえば、考えたこともなかった。ナギサがなんでこんな、みんなが知らないような情報をたくさん知っているのか。ログが知らないような、世界の秘密ともいえるような情報を。

「なんでだろ？　わかんないや」

「……そのナギサって人、どういう人だったんだ？　なんでお前とナギサは会ったんだ？」

「やけにグイグイ聞くね」

なるべく触れてほしくないことを遠回しに言ったつもりだったけど、どうやらログは「察する」ということができないようで、ティーナの言葉に耳も貸さず、さらに聞いてきた。

「そうだなぁ……あーしが赤ちゃんの時、どっかに捨てられてたらしいよ。それをナギサが拾って、育ててくれたみたい。あとなぁ、ナギサは落ち着いた人だったな。人というかロボットだけど。あんまり気持ちが顔に出ないっていうか、クールな人だったね」

「へぇ。他に教えてもらったこととかないのか？　城跡以外で」

「ありすぎて言い切れないいな。そうだな、割とどうでもいいことも教わってたな。特に卵の殻を割った時に殻が入りにくくなる方法とか……」

「ん？　待てお前、まさか全部暗記してるってことは……」

「え、全部覚えてるよ？　こう見えてもあーし、記憶力いいんだよねっ！」

「マジか……」

　ティーナがナギサとどれくらい一緒にいたのかはわからないが、「赤ん坊の時捨てられていたところを拾われた」と言っていた。少なくとも、十年以上は一緒にいるだろう。

　ティーナが日ごろから暇さえあれば口にする、ナギサに教えられた知恵の数々。風邪にかかった時の対処法など、役立つものもあるが、それは全体の一割程度。残りの九割は、「白熊の地肌は実は黒い」とか、そういうくだらないことだ。どちらにせよ、教えられた情報量は膨大だ。それを全て覚えているなんて、記憶力がいいと言えるレベルを超えている。

　まるで、人間じゃないみたいだ。

「ナギサは信じられないぐらいたくさんのこと知ってたからねぇ……。よし、それじゃあ行くとするか！」

綺麗だ

「だめだ……人に会える気配が全くない……」

旅を始めて、一か月半が過ぎようとしていた。もうティーナもログもお互いに対する警戒心はほどけて、『仲間』だと認識することができていた。そのおかげで「その場の空気に合わせた最適解を言う」という所謂、空気を読む、我慢する、などのことがなくなり、だいたいのことを本音でストレートに話せるようになっていた。今のところ、会えた人間はログだけで人どころか猿にも鳥にも会えていない。

「そう焦んなよ。俺だって二、三年くらい旅してるけど、お前とあいつ以外の人間に会ったことねえ」

「えぇ〜」

「それより、道は本当にこっちで合ってんだよな？」

「うん。ほら、今ここ」

「あー、神奈川の辺りか」

「うん。沖縄の近くまでいったら着くはず」

今の季節はだいたい夏の初めぐらい、のはずなんだが、もう真夏なんじゃないかというほど暑くて、ティーナもログも、水を求めて川を目指していた。暑すぎてミイラにでもなってしまうんじゃないかと本気で思ってしまう。

「あっつい……水飲みたい……」

「それ言わない約束だっただろ」

「ごめん……」

かれこれ川を探し始めてから一週間。なぜか全然見つからず、奇跡的に降った雨で命をつないでいた。そんな二人の間では、「暑い」という言葉は禁句になっていた。

「これ以上進むのはもう危険だ。暑さで死んじまう。どっか、日の当たらない所へ行かないと……」

おかしい。今はもうすでに十七時くらいのはずなのにまだ全然明るいし、すごく暑い。

（これだから夏は嫌なんだ……）

蚊がいるし、他の虫もたくさんいるし、暑いし……

そういえば、ナギサはロボット故に全く虫にも刺されず、暑さや寒さに苦しむこともなかった。蚊に刺されて所々腫れているティーナを横目に、「どんまい」と言われてもあんまり嬉しくない慰めの言葉をよくかけていた。羨ましいという気持ちと「自分は刺されてないからって」という八つ当たりにも近い怒りで、夏はほかの季節と比べてイライラしていた。まぁ、ナギサに悪気など一切なかったから、そのイライラをぐっとこらえていたが。

近くに、日の当たらない木に囲まれた洞窟を見つけたので、そこで今日は過ごそうということになった。

「おじゃましまーす」

「誰もいないんだから言う必要ないだろ」

洞窟の中はひんやりと冷たくて、さっきまでの暑さが夢のように感じられた。汗ばんだ体に冷たい空気が這って、一気に体中の温度が下がる。洞窟の中は、落ち葉もゴミも一つもなく、まるで誰かが定期的に管理しているようだった。熊かなにか住んでいるんだろうか？　いや、ならもうちょっと汚いか。

（涼しいっちゃ涼しいけど、水とかないかなぁ。喉渇いた……）

ぽちゃん、ぽちゃん。

「え……？」

洞窟の奥から、水の滴る音が聞こえた。

まさか、そう思って音が聞こえるほうへ向かった。奥に行けば行くほど洞窟から光は消え失せていって、転ばないように、十数メートルもないような道を慎重に進んでいった。

「うわっ、冷たい！」

足元にあった水たまりに足をつっこみ、ティーナは小さく悲鳴をあげた。

「水……！　やった、水だ！」

靴は濡れてしまったが、久しぶりに水を見つけることはできた。まさか洞窟の中にあるなんて、とてもラッキーだ。

「ログー！　水あった！」

「えっマジか⁉」

水たまり、というより小さな湖に近いだろうか。水に足が浸かった時、すぐに足を引っこめたから気づかなかったが、この水たまり、底が深い。少なくとも、ティーナが底まで入ったらすっぽり埋まるくらい。危うく溺れ死んでいた、と肝を冷やす。

水たまりはゴミ一つなく、澄んでいて底まで透き通って見えた。ろ過しなくても飲めそうだけど、一応ろ過と煮沸はしておいたほうがいいだろう。

「うわぁ、マジで水あったのか」

「あ、ログ来た」

隣にログが来て、水たまりを立ったまま、覗き込んでいた。

「洞窟ん中に水があるとかラッキーすぎんだろ」

「今日で一生分の運使い果たしたかもね」

「いや、それはねえだろ」

ティーナの言葉に、ログは笑って返す。ここ数週間、暑さでお互いにイライラしてほとんど「暑い」「水欲しい」などの話しかしていなかったから、こういう雑談をしたのは久しぶりかもしれない。

そのあと、火を起こして水をろ過して、念のため沸騰させて、少し冷ましたら、二人とも水を一気に飲みほした。

「んんん～！　おいしい！」

「うまい……！」

水のありがたみに、二人は感謝していた。ティーナはわかりやすく大胆にはしゃぎ、ログは静かに幸せを噛みしめていた。

そろそろ飲むのをやめようかな、とログがコップを置いた時、肩になにかが乗っかった。そこそこ重いから、肩に乗っかっているものをどかそうと視線を移した時、ログは思わず硬直した。

(えっ……えぇ?)

ログの肩には、ティーナが寄りかかっていた。

「……ティーナ?」

一応声をかけてみたが、起きる気配は全くない。突然のことに行動と思考がリンクせず、なにをしていいかわからなかった。

(とりあえず、どかしたほうが……いや、でもこいつ、寝るの三日ぶりくらいだよな。起こしたら悪いし……)

どかす気も起きず、どうしようか悩んでいると、自分にも睡魔が襲ってきた。いきなり全身の力が抜けて、頭がかくん、と倒れそうになる。

あ、そうだ。俺も寝てなかったと、ログは今更気がつく。

そして、ログは気絶するように眠ってしまった。

「……あれ。寝ちゃってたかな」

先に目を覚ましたのはティーナだった。もう今が何時なのかもわからない。心ゆくまで寝たはずだが、体はまだ寝ていたいと自堕落なことを言っている。眠い目をこすり、立ち上がろうとした時、ふと体に違和感を感じた。誰かが寄りかかっているような感じがする。眠気が数秒で晴れて、自分がどういう状況に置かれているのか認識することができた。

自分はログの肩に寄りかかって、ログはティーナの頭に寄りかかっている。

「やあああっ⁉」

変な声が出た。ログの体を思いっきり突き飛ばして、少し距離を置いた。ログの体は反対側へ思い切り打ち付けられ、本人からは「いっで‼」と声が聞こえた。

「はぁ、はぁ、はぁっ……」

心臓がドクドクと鳴っている。驚いたからなのか、それとも……

あれ？　ていうかログ大丈夫かな？

びっくりして思わず突き飛ばしてしまったが、ログは頭を抱えてうずくまっている。ハッとして、ログの元へ駆け寄った。

「ごめん！　大丈夫⁉」

「大丈夫じゃねえよ……なんでいきなり……」

本気でログは痛がっているようで、罪悪感が背中を這う。

「ほんっとうにごめんね……」

「……あー、別に死ぬわけじゃねぇよ。だからそんな泣きそうな顔すんなって。メンタル弱すぎか」

「え？　あ……泣きそうになってない！」

「いや、なってたろ、馬鹿」

「馬鹿じゃない」

「馬鹿」

「馬鹿じゃない」

「ばーか」

「馬鹿じゃなぁい！」

「はは、なんだよ『馬鹿じゃなぁい！』って」

「うるさい！　もう！」

ティーナは頬を膨らませて手を振り回している。笑って流せるような可愛い怒り方だ。

（怒り方がガキ……）

「本当にログは口が悪いね！」

「まぁ」

「『まぁ』じゃない！　もう……じゃあ、そろそろ出発しよう」

「あぁ」

一週間分の水を持って、洞窟での短い休憩を終えて、夕方とは打って変わって肌寒くなった暗い外へ出発した。

「さむ……」

「そうか？」

「ログは寒さに強いんだね……」

月明かりが雲で遮断され、あたりはすっかり暗闇と化し、幽霊でも出てくるんじゃないかと考える。そんなことが起こるわけがないとわかっているけれど、それでもやっぱり怖い。一人だったら確実に目に涙を浮かべながら「さむいよぉ、くらいよぉ」なんて泣き言を言いながら進んでいたが、ログという人の存在があるから少し怖さも和らいでいる。でも震えるほどに怖い。

「お前……なんかぶるぶる震えてるけど大丈夫か？　そんな寒いか？」

「いっ、いや！　大丈夫！」

「にしては不自然なくらいに震えてるけど……熱でもあるか？」

「ない！　大丈夫！」

（とても『怖いから震えてます』なんて言えない！）

「へーえ……」

ログはいまいち納得していなさそうな顔をしている。これは絶対に疑われている。これで「怖い」と思っていることを知られたら……想像しただけで恥ずかしい。

「なぁ、ティーナ」

そんな時、ログが話しかけてきた。いったい何を言うのだろうか、そう思って振り向いた時、

「きゃああっ⁉」

振り向いた瞬間、目の前でパンッと手を叩かれた。突然の出来事にびっくりして、ティーナは悲鳴をあげた。目の前には、ログが叩いた手をおろしながらニヤニヤしていた。

「めっちゃビビってるじゃねえか」

ここまで楽しげなログを見るのは初めてだ。人をわざわざ驚かして、こんなにニヤニヤして。やっていることが子供と同じじゃないか。

「おどかさないでよ！　怖いじゃん！」

「ふうん、やっぱり怖いのか？」

「なんでわざわざこんな事するのー！」

ティーナはポコポコと軽くログを叩く。だが、むしろ彼は面白がっているようだ。余計にいらつく。だが、それも楽しいと思ってしまっている自分がいる。

ずっとナギサと二人きりだったから、こんなふうに同年代の人とふざけあうのは初めてで、楽しかった。

「……あ、晴れてきたね」

しばらくすると、雲が消えて、綺麗な夜空が見え始めていた。空に輝いている無数の星を見ながら、ティーナは目を輝かせる。

「やっぱり晴れてると見えやすいね。星も綺麗に見える」

「星？……全然気にしたことなかったな」

ログは立ち止まって星空を見上げる。視界に浮かぶ何万もの星、星、星。まるで宝石みたいにきらきらと見えるそれを、ログは綺麗と思えなかった。

〝あの日〟も星が見えていたから。

「星とか月とかさ、なんか見てると落ち着くんだよね」

「どういうことだ？」

「うーん……なんて言ったらいいのかな……綺麗なものは綺麗なんだよ」

「へぇ……」

ログは今一つわからないという様子でいた。でも、ティーナが星を楽しそうに眺める姿を見て、悪い気はしなかった。

「もう少し、星見ていこうぜ」

「うん、わかった！　でも立ったままじゃ首疲れるから座って見よう？」

ログとティーナは近くにあった木に腰かけて、星を眺めながらとりとめのない話をした。今日は新月だからか、とても綺麗に星が見えた。一人で見るより、誰かと見たほうが綺麗に見える。

「そういえば、あの星なんだ？」

「あの星？」

ログは赤く光る存在感の大きい星を指している。ティーナは、ナギサが言っていた言葉を一言一句真似して説明した。

「あれはアンタレス。さそり座の一つだよ。太陽より大きくて明るいんだけど、遠すぎて小さく見えるんだって」

「へーえ」

「そういえば、もうすぐ流星群の時期だね」

「なに座の？」

「えっとね――」

ティーナは、夜空を見ながら楽しそうに話した。ログも夜空を見ていたが、途中でティーナのほうへ目線を移した。

「夏あたりに見える流星群でね、何年か前にナギサと一緒に見たんだけど――」

星を見ながら話す彼女の瞳には、星のような輝きが満ちていた。楽しそうに話すティーナを見ると、なぜか笑みがこぼれた。

「ん？　どうかしたの？」

ティーナはログの視線に気がついたのか、きょとんとした顔でログを見つめた。ログには、星よりティーナのほうが輝いて見えた。理屈も理由もわからないが、ただ……

「綺麗だな、って思って」

「ログもわかってきたかあ。綺麗だよね、星！」

「……あぁ、そうだな。さーて、そろそろ行くか」

よっこいしょ、と反動をつけて立ち上がるログに、ティーナはあからさまに嫌そうに言う。

「ええ、もう夜遅いしここで寝ちゃってよくない？」

「木の根で地面がぼこぼこしてて寝にくい」

「そんくらい我慢しなよ！　ログだってもう眠いでしょ？」

「さっき洞窟で寝たばっかりだろ」

「あ、そうだっけ。でももう眠いよ」

「ガキかよ……」

「誰がガキだよ！」

「俺から見たらガキだ」

「はぁ〜〜？　たった一、二歳差でしょ！」

「それでも俺のほうが年上だ！」

せっかく星を見て良い雰囲気になっていたのに、いつものように仲良く喧嘩をしてしまう。

もはやこれは、お決まりの展開になってしまっているのかもしれない。そして、ガキかどうかという話はどこへいったのやら、いつのまにか喧嘩の内容が「宇宙人の存在の有無」という議論に切り替わっていた。

「だーかーらー！　宇宙人はいるんだって！」

「いや、いるわけねえだろ。見たことあるのかよ、お前」

「だって！　ロボットとか空飛ぶ車とか作れるくらい文明は発展してたんだよ⁉　宇宙人の一人や二人、見つけてたっておかしくないじゃん！」

「宇宙人いたならいたでとっくに地球にその存在自体が知れ渡って、お前がよく話してる『ナギサ』にも伝わってるだろ！　でもそのナギサが知らないってことはいねえって事とほぼほぼ同義じゃねえか！　そもそもなんだよ、空飛ぶ車って⁉」

「う……きっといるもん！」

「じゃあ、ナギサはなんて言ってたんだよ。ナギサが一番文明のこととか詳しいだろ？　お前が知ってる文明のこととかは、だいたいナギサに教えてもらったんだろ？」

「えっと、確か……そういう事はずっと議論したい派だ、って言ってたよ」

「……大人な答えだけど、答えになってなくねえか？」

「だよね。んで、結局どうしようか」

「なにを？」

「ここで寝るか寝ないかだよ」

「ああ、そう言えばそれで言い争ってたんだっけ……もういいや。ここで寝てくか」

寝るか寝ないかの言い争い、折れたのはログだった。ティーナはいつでもどこでも何度でも、すぐに眠れる。ログが折れた瞬間に、「おやすみ」と言い、木に寄りかかって眠り始めた。「おやすみ」と言ってから寝るまでにかかった時間は、恐らく三秒ほど。ここまで早いと気絶しているんじゃないかと疑ってしまう。

ティーナは眠かったようだが、ログは少しも眠くなかった。早く朝になってくれないかな、とぼんやり空を眺めていた。

その時だった。

「はあっ……？　なんだよ、あれ……!!」

まるで怪獣のようにとても巨大な生物が視界の端に映った。その生物の背中には、今まで地面だと思っていたもの。木や建物の残骸……陸地が、そのまま乗っかっていた。

その生物は、くすんだ黄色い目で、こっちを見ていた。


「ログ！」

目を開けると、眠っていたはずのティーナがログの目の前にしゃがみ込んでいた。さっきまでの光景が嘘だったかのように辺りが静まり返り、いつの間にか空は青色に戻っていた。

ああ、あれは夢だったんだ。そうログが安心していると、ティーナは「ログってば！」と再度言った。

「どうかした？」

「あ……いや、なんでもないよ」

すると、ティーナは立ち上がった。

「そろそろ行こう。太陽が真上まで来ている。もう昼過ぎだよ」

「あぁ、わかった」

ログは戸惑いながらも頷き、いつもの旅路に戻った。

今、ティーナ達が歩いている森は、静岡につながる唯一の道だった。

ナギサに教えられた、今通っている、太平洋側を通る一つ目のルートも、日本海側を通る二つ目のルートも、どちらも日本アルプスを通らない。なぜならあそこを通ることは過酷すぎて不可能だから。今、歩いているこの森を抜ければ静岡に着き、そこからは比較的自由に進める。だが、静岡に着くためにはこの森しかないのだ。

「この森を抜けたら多分、静岡ってとこに行けるんだよね。富士山ってどんな感じなのかなぁ？」

「富士山……なんかこの前、お前言ってたな、そういえば」

「え、いつ？」

「確か……梅雨頃だったはずだよ。日本一高い山だって言っていた」

「ああ、言ってたねぇ、そういえば」

空を見上げ、大きなあくびをしながら言う。その様子を見てため息をつきながら、ログはティーナにジョークを交えながら話しかける。

「なんだよ、もう眠いのか？　赤ん坊じゃあるまいし、それとも赤ん坊ならおぶってやったほうがいいか？」

「赤ん坊じゃない！　なんなの昨日から！　ガキだの赤ん坊だのクソガキだの！」

「クソガキは言ってなくね？」

「あ、そうだった」

ここ最近毎日のように喧嘩をしている気がする。普通なら毎日喧嘩なんて、もうイライラしてしょうがないが、なぜかあまり苦ではない。まさに、「喧嘩するほど仲が良い」という典型だ。

「あっ、出口だ！」

木に隠れて日の光が射さなかった森の先、明かりが射している所が見えた。おそらくそこが出口だ。

「やったぁ、ようやく……」

喜びでいっぱいのティーナたちだった。

しかし、その喜びは一気に絶望へと変わった。

「……え？」

出口だったはずのそこは、木などが土砂崩れのようになぎ倒され、ふさがっていた。

「土砂崩れ……？　嵐でも来たの……？」

ティーナは急いで地図を確認した。

ここ以外に通る道……だめだ、全部山でふさがれてる。旅立つ前に読んだ、ナギサが遺していた手紙。それには、ウィングフィールドにまで行く道は二つあると書かれていた。一つ目が今まで通ってきていた、太平洋側のルートを通る比較的安全なルート。

だけど、目の前のこの道が塞がれてしまっていると、このルートは使い物にならない。一つ目のルートは、この道を通る以外にないのだ。となると、二つ目のルートを通るしかない。しかし、二つ目のルートには狂暴な猛獣がたくさんいて、冬になると雪が激しくなり、命を落とす危険性がある。そして、誰にも知られていない危険な秘境があるのだという。そのルートを通っていかなければならないのだ。

「ティーナ、ここ以外に通る道ってないのか？」

そう聞いてくるログに、とても申し訳なく感じた。ここまで進むのも大変だったのに、さらに危険な道に進むことになる。

「……東京方面までUターンして、日本海側を通っていくしかない」

「日本海って……雪とか、やばくねえか？」

ログは動揺を隠しきれていない。

三百年前でも、日本海側の雪害は酷かったという。だが、それから月日が流れて、さらに酷くなったのだ。下手すれば、眠っている間に雪に埋もれて死んでしまう。

ティーナは、何も言えなくなる。

「……まぁ、なっちまったもんはしゃーねえ。ちょっと戻ろうぜ？」

ティーナは、わざと明るくふるまうログの姿を見て、ありがたさと共に、罪悪感が体を伝った。

「ごめんログ。大変な思いしてここまで来たのに……」

「謝んな。旅してればこんなこと日常茶飯事だ。逆に、お前がスムーズに進めてたのが奇跡だったってだけで、これが普通なんだ。だから責任とか、そういう風に感じるのはやめろ」

いつも通り上から目線で励ましてくる。ログは多分、人を励ますってことに慣れていないのだろう。こういう時は、「大丈夫だよ」とかそういう言葉が欲しいのだが、まぁ本人は本人でこれが精一杯なんだろう。

「ありがと、ログ」

「え？　あぁ……」

どうやらログはなんで自分が感謝されるのかわからないのか、笑顔を向けてきたティーナをきょとんとした顔で見つめた。もしかしたらさっき自分に言った言葉は励ましでもなんでもなく、ただ思ったことを口にしただけかもしれないなと考え、思わずティーナは笑ってしまった。

「なんで笑うんだよ」

「いや、ログって天然なのかなぁって」

「え？　天然……俺、多分どっちかっていうと人工だぞ？」

「そういうとこ！　あっそういえば『天然』の意味知らないんだっけ？　じゃあ人工発言も納得か……ただのお人好しだね」

「……？　あ、そっちの『天然』かよ。俺は天然じゃねえよ！」

「人工だっけ？」

「違うわ。いやまぁ違くないけど。さあ、とりあえずUターンだ」

ログが若干天然気味だということが判明し、ティーナの気分もかなり晴れていた。ログはジャストタイミングでUターンを開始した。

「あれ？」

一瞬、ティーナは誰かに見られているような視線を感じて、立ち止まった。

「どうした？」

「いや、なんか……ううん。なんでもない」

たった一瞬だ。たった一瞬、視線のようなものを感じただけ。きっと気のせいだ、と自分に言い聞かせた。

「そういえばお前、出身は？」

「え？　あーし？　どこで生まれたかはわかんないけど、育ったのはここ」

そう言いながら地図を出し、栃木県南部あたりを指さした。ログは、「へぇ」と一回頷き、自分はここだと指さした。そこは栃木よりウィングフィールドに何倍も近い、九州だった。

「九州⁉　そんなの、船を使って行けばすぐリベドルトに着いたんじゃ……⁉」

「お前と会うまでリベドルトがどこにあるのかも、ウィングフィールドっていう島の存在も知らなかったからな……右行くか左行くかの二択で外して、大規模のUターンしてるところなんだよ」

「今、どういう気持ちで旅してるの……？」

「ずっとへこみっぱなし」

「かわいそうに……」

めずらしく、しょんぼりしているログを見て、かわいそうよりも先に「面白い」という感想が来て、なんとか笑わないように必死だった。

「……はーあ。あともう一人くらい、リベドルトのことについて知っているような奴がいたらなぁ」

「いきなりどうしたの？」

「いや……もうちょい早いタイミングで逆方向に進んでるって気がつけてたらこんな大規模のUターンしなくて済ん――」

ログはいきなり足を止めて、後ろを振り返った。さっきとは打って変わって、冷たい目つきで「誰か」を睨んでいた。

「どうかしたの？」

「……ティーナ……荷物持っててくれ」

ログは一言そう言って、持っていた荷物をティーナに投げつけた。いきなりのことだったので反応できず、ログの荷物はティーナの顔面にダイレクトアタックし、そこまで痛くはなかったが、もう少し優しく投げろよ、と少しムカッとした。

ログは、ナイフだけを持ち、誰もいないはずの茂みへ向かった。

「……出て来いよ、ストーカー。さっきからじろじろ俺たちのこと見てたよな」

「っ……」

重低音の、責め立てるような声で相手に問う。すると、なにもいなかったはずの茂みから一瞬息を吸うような、それぐらい小さな声が聞こえ、葉が揺れる音がした。

(そこに、誰かいるの？　ストーカーって……ずっとあーしたちのこと、つけてきてた人がいるの？)

ログに言われるまで気がつかなかったが、確かにさっき一瞬、誰かに見られているような気はした。

「……俺がこのナイフまだ使わないでいるうちに早く出て来いよ」

そう言いながら、手元にあるナイフをちらつかせながら相手を脅す。それでも、誰かが出てくる気配はない。

「……チッ」

我慢の限界が来たのか、ログは怖い舌打ちと共に茂みの中へ手を伸ばし、引っ張り出そうとした。すると、茂みの中にいる誰かが、悲鳴のような情けない声をあげながら飛び出してきた。

「ひええええっ！　出ます出ますぅ!!　殺さないでくださいいぃぃいぃ!!」

　情けない声をあげながら出てきたその人は、年は自分と同い年、それか年下ほどに見えた。髪はオレンジ色で、前髪のあたりが一部白くなっている、全体的に丸っこい髪型をしていて、中性的な声だった。顔はまるで女子のように可愛い見た目をしていて、こういう人間が「可愛い系男子」というやつなのだろうなぁ、とさっきまでストーカー行為をしていた人間に対して呑気なことを考えていた。

「お前、なんで俺たちのこと、つけてたんだよ」

「うぅううう、ごめんなさあぁぃ」

「『ごめん』じゃねえよ。理由聞いてんだよ。理由」

「うぅ、それは……言い方悪いんだけど、そこの女の子の見た目がちょっと風変わりっていうか、鬼みたいに見えたから……」

「なぁんだ。そんなことか」

（そういえばあーし、ログが普通になにごともなく接してたから忘れてたけど、この見た目だとこの人の反応が普通なんだよね……髪白いし……角あるし……）

「見た目で判断って、お前……」

「いいのいいの大丈夫！　ログとナギサが普通じゃないだけで、そりゃ、角生えてたらびっくり――」

「それに僕の彼女にできるかどうかを確かめようかと……」

いきなりの「彼女にするかどうか」発言にその場は凍りついた。そして、ティーナがやっと絞り出した言葉は、

「……はぁ？」

たった一言だけだった。

臆病者

「はぁ？　あのさ、え？　なに突然。彼女……？　ええ？　悪いけど、あーしはいきなり会った人と付き合うつもりはないよ……？」

なんとか脳が機能するようになって、とりあえず思ったことをすべて口に出した。ログもようやく頭が追いついてきたのか、ティーナに続いて言った。

「そもそもお前、名前は？　本当にそんなくだらない理由でついてきてたのか？」

ログは人の形をしたゴミでも見るような、光のない目で見下すように言い放った。

「僕の名前は『ジョシュ』……まぁ、そんなくだらない理由でついてきてました」

「はぁ？　なんだよそれ。だいたい彼女にするならこんなのよりもいいの、ごまんといるだろ」

「おいコラ」

「う～ん、そうだね……ねぇ、えっと……」

「あーしはティーナ。そっちの口が悪いのはログ」

ジョシュは二人の名前がわからないようだったので、教えると、ジョシュはちゃんと名前で言い直し、ティーナにこっちに来てくれないか、と言った。

「え？　うん。いいけど、そんぐらいなら……」

ティーナがジョシュのほうに近づいていくと、じーっと顔を見た。あまりにも近い距離で見るので、ティーナはどこに目線を向ければいいんだろう、などいろいろと気まずかった。

（ってか、まつげ長い……目ぇ綺麗だし……髪の毛サラッサラ。可愛い顔してるなぁ）

とティーナがジョシュの顔面を評価していると、

「うん……中の下」

ジョシュはティーナから少し離れ、とんでもない地雷発言をすかした顔で言った。囁《ささや》くぐらいの小さな声だったけど、周りに全く雑音がないため、ティーナとログには聞こえてしまった。ログは、「あ、こいつ終わった」となにもかも諦めた顔をし、中の下と言われたティーナは怒りの沸点を通り越して、なにを考えているかわからない怖い真顔をしていた。

「――ジョシュ」

ティーナは、普段からは考えられないほど静かな声でそう言う。怒っているのだ、間違いなく。

ログは背筋が凍った。普段は明るく表情豊かな彼女が、ここまで静かで怖い顔をできるとは思っていなかったのだ。これからティーナに怒られるジョシュの方を、ログは見てみる。

顔が死んでいるみたいに青い。めちゃくちゃ情けなく震えている。

「謝れよ、お前！　ティーナに殺されるぞ⁉」

ログは小声でジョシュに耳打ちする。「殺されるぞ」はさすがに言い過ぎだと思ったが、謝らないと多分、延々と根に持たれてしまう。正気なのかと疑うほどビビっていたジョシュに言葉が通じたのかどうかわからないが、ジョシュは恐る恐るティーナに近づいた。

「あ、ああ、あの、ティーナ、ちゃん？」

「『ちゃん』付けで呼ばないでよ」

ティーナは、いつもより低く冷たい声で言い放つ。そのせいで、亀の歩みほど遅かったが歩けていたジョシュの足は、完全に止まってしまった。

そんな時、ジョシュの頭にモニュモニュと動いているなにかが落っこちてきた。どうやら、木から落っこちてきたようだ。モニュモニュしているものは、ジョシュの頭の上で気持ち悪く動いている。

ログは「なんか乗ってんぞ?」とジョシュに言う。冷たい目をしていたティーナも、一旦怒りを鎮めてジョシュの頭をじっと見つめてみた。

だが、その正体がわかったとき、ティーナは「ヒュッ」と息を呑んだ。

吐き気を催すほど気持ち悪い幼虫が乗っかっていたのだ。

「ジョシュ、あーしから離れて!」

「えっ……?　え?　なんで?」

「なんでじゃないよ!　それキモすぎ、早くどっか行って!!」

ティーナは叫び声をあげた。自身の頭の上に乗るものの正体を知らないジョシュは、自分に言われたんだと思っている。だが、ティーナはジョシュには言っていない。

「お願いだから近づかないでってば!」

「いや、だから、なんで?」

そう言ってジョシュは近づいてくる。とうとう追い詰められ、逃げ場がないところまで来た。幼虫がどんどん迫ってくる。このままじゃ幼虫がティーナに飛び移るかもしれない。

「い、い……」

「え?」

限界に達したティーナはなにも考えずに腕を振り上げた。

「いやあああああっ!!」

「ぐはぁッ!!」

ティーナは、ジョシュの事をぶん殴っていた。目の前で情けなく倒れているジョシュを見て、我に返ったティーナは冷汗をだらだらと流している。

「ど、どうしよう?」

「大丈夫だよ。まだ息はあるし、気絶してるだけだ」

「そ、そっか……」

ティーナは安心したのか、深くため息をついた。そして、ジョシュに「ごめんね」と言い、近くの木の下に寝かせた。

そうして、幼虫の気持ち悪さやら人を気絶させてしまった罪悪感やらが消えた。

「……ごめんね、あーし、ちょっと寝てるね」

とても複雑そうな表情で、ティーナは眠りについてしまった。どんなにショックでも、早く眠れるらしい。こうして、ログは一人になってしまう。とりあえず、二人が寝ている間に食料の確保や、今日はもうここで泊まることになりそうなので、火を起こすための枝を集めてきた。

しかし、二人は一、二時間ほど待っても起きない。なんならティーナは変な寝言まで言い始めた。

「中の下って、なんなの……平均より下とか、ふざけんなよマジで……」

二人が起きるまでわざわざ頑張って働いているのが面倒くさくなってきた。そして、もう寝てしまおうとログは近くにあった木を背もたれにして座り、目を閉じた。

『こんなことになるなら、幸せにできないなら……あなたを産まない方が、ずっと、ずっと良かった……!! あたしの人生返してよ、お願いだから、もう消えてよ!!』

ログの脳裏に、ヒステリックな女性の声が響く。

これは夢だ、とすぐに理解できた。今まで何度もこの悪夢を見たから、もう、わかってしまうのだ。

夢だとわかっていても、何度も見ても、心が抉《えぐ》られる。

『ごめんね……ごめんね、幸せにしてあげられなくて……産んでごめんね』

その人は、ごめんと言いながら、何度も「俺の名前」を呼ぶ。

ログが起きた時には、青かったはずの空はオレンジ色に変わっていた。耳にはまだティーナの寝言がぶつぶつと聞こえてくる。寝言というより呪文だな、とログは心底呆れた。何時間か経っているはずなのに、まだ言っているなんて、と。

続けてジョシュの方を見る。殴られたのがよほど効いたのか、まだ青い顔で気絶していた。

そろそろ二人とも起こさなければ、とログは立ち上がろうとした。

『産まなければよかった』

「……ぁ、あ」

その時、さっきの悪夢の言葉がフラッシュバックした。

何年も前からこうだ。何度も何度も忘れようとして、幸せだって思っても、この夢は忘れそうになった時に出てくる。本当に、タチが悪い。

自由になりたかったから、助かりたかったから逃げたのに。なのに、逆に苦しんでいる。こうなったのは全て、自業自得だ。

「早く消えてくれよ……」

そうつぶやきながら、ジョシュを起こしに行った。

「おーい、起きろー」

「ん、んぁあ……ヒエッ殺さないでぇ！」

「起きて第一声がそれかよ。殺さねえよ。そろそろ起きろ」

「う、うん……」

ジョシュは怯えた様子で起き上がった。ようやくまともに話せるようになったジョシュに、ログは言いたかったことをすべて言った。

「どうしてくれるんだよ。お前のせいでティーナが陰陽師みたいになっちまったじゃねえか」

ログはそう言ってティーナを指差す。まるで誰かを呪っているかのような寝言を言っているティーナの様子を見て、ジョシュは冷汗を垂らす。

「お前さ、初対面の人の顔面を査定して、しかも口に出すって、ほんとにどうかしてると思うぞ。そもそも、なんなんだよ彼女にするとかなんだとか」

「ええっと、ぶっちゃけ言うけどさ。ほら、僕ってさ、可愛いじゃん？」

「え……？　ま、まぁ事実か」

自分の顔をはっきりと可愛いと言い切れるジョシュのメンタルに驚き、同時にドン引きした。

「だからさ、僕より可愛い顔の女子と付き合うことが夢なんだ」

「それで女子の外見を採点している、と……お前、想像以上にやばい奴だな。まぁでもその採点多分合ってるんだろうけどさ」

「うぅ……」

「加えて『殺さないで』とか臆病でストーカー行為をするような奴か……お前正真正銘のクズだな」

「うゔっ……」

「だいたいそんなに彼女欲しいなら、自分で探し回ればいいじゃねえか」

「だって怖いじゃん！　ここは猛獣とかも少ないし、安全なの！」

「――だめだこいつ」

女子の外見を採点、ストーカー、臆病者。あー、だめだ。こいつは庇いきれない。ただのクズだ。

「ごめん。もう行く」

もうなにもかも諦めたログは、何も言わずにティーナを起こし、先へ進もうとしていた。

「あ、ログ君、ティーナちゃん、待って！」

「なんだよ」

「だから、『ちゃん』付けで呼ばないでって言ってるでしょ……!!」ティーナはジョシュを睨みつけた。

「は、はい……。でも、もうすぐ嵐が来る。先に進むのは自殺行為だよ」

「たかが嵐だろ？」

「たかがじゃない。ここら辺の地方の嵐は本当に危ないんだよ。この前もそのせいで木がなぎ倒されて……」

あたふたしながら止めようとするジョシュを、ログは無視してティーナのほうへ行った。

「ティーナ。先に進むぞ」

「うぅ……わかったよ」

まだ寝ていたい様子のティーナは、嫌々ログについていった。時間が経つにつれ、ジョシュの言った通り、辺りは暗く黒い雲に覆われてゴロゴロと雷の音が聞こえてきた。とは言っても、こちとらもう二、三年以上旅をしてる。ティーナは別として、もう嵐には何十回もあっている。こんなのでは慌てふためかない。

そんな時、ティーナが口を開いた。

「……あーしって中の下なのかな」

「あー……よく、わかんねぇ」

「そっか……」

中の下発言はぐっさり刺さっていたらしく、ティーナはしょんぼりしながら歩いていた。

そんな時だった。いきなり雨が降り、地面が濃く変色し始めた。滝から落っこちてくるようなほどの勢いで降り始め、ゲリラ豪雨のようで、当たる水の一粒ずつが弾丸みたいだ。

「うわああ！　濡れちゃう！」

「濡れても乾かせばいいだろ……」

『ここら辺の地方の嵐は本当に危ないんだよ。この前もそのせいで木がなぎ倒されて……』

もしも、ジョシュの言っていた言葉が本当だとしたら。そんなことが脳裏をよぎった。

「ティーナ、一回戻……」

ドガァン!!!!!!!!

空を切り裂く白い光が轟音と共に地上に突き刺さった。いきなり鳴り響いたそれが雷だと気づくまでは少し時間がかかった。

「雷⁉」

「これ結構近くに落ちたぞ！　早く木の近くから離れないと――」

すぐ近くから、耳が壊れてしまいそうなほどの大きな音が鳴って、まぶしい光があたりを襲った。

「ッあ！」

近くにあった木に雷が落ちて、稲妻の形に木が裂かれたかと思えば、真っ赤に燃え始めた。

直撃こそしなかったものの、雷が近くに落ちた影響で、体がしびれて動かなくなった。

「う、ぅ……」

（なにこれ……手足が、殴られたみたいに……）

急に起こったことを脳が処理しきれず、体を動かそうと必死に頭をフル回転させても、行動に至るまでの思考回路が遮断されていて、なにも考えられない。視界が黒くかすんでいて、今自分がどういう状況に置かれているのかさえわからない。

いきなり飛び込んできたログの声でようやく「考える」ことを再開することができた。自分の身になにが起ころうとしているのか……逃げなければいけないというのはログの精一杯の叫びでわかった。

「ティーナ‼　逃げろ‼」

痛みをこらえて体を起こし、逃げようとした。でも、体は言うことを聞かなかった。動こうとしても、鉛がついている様に、足だけが全く動かせなくて、怖くなりながら自分の足を見た。

「血……」

自分の足には切り傷のようなものがついていて、血がドバドバと流れていた。そして、それと同時に自分がなにから逃げなければいけないのか理解した。

ティーナのすぐそばにあった木が雷で燃えて、倒れかかっていた。

木の根はゆっくりと燃えていき、ぐらぐらとカウントダウンをするように木は揺れている。

早く逃げないと、本当に死んでしまう。手を伸ばし、ログに助けを求める。

「ログ……！」

早く動け、早く動けよ!!

そう言い聞かせたって、足は動かない。とうとう木はティーナのほうへ落ちてきて、火で燃える木の熱気がどんどんと近づいてきた。

「だ、誰か……」


「うおおお!!!!」

いきなり誰かが木とティーナの間に割って入って、斧で落ちてくる木を止めた。火のせいで逆光になっていて、ティーナからはシルエットしか見えなかったが、ログはティーナを助けたのが誰かわかった。

「ジョシュ……!?」

「え……!?」

ジョシュは、小さな体で自分よりも大きい斧を軽々と片手に持ち、落ちてくる木を反対側へ切り倒した。火は雨のおかげでほかの場所に燃え移ることもなく消えた。ジョシュは息切れを起こしたり、疲れ切ってその場に倒れこむこともなく、なんともない様子で、動けない様子のティーナに話しかけた。

「あ……えっと、大丈夫？」

「う、うん……ありがと」

「お前、なんで……」

ログが、どうしてジョシュがここにいるのか聞いた。「たかが嵐でしょ」となめきっているティーナたちを追いかけてきたらピンチだったので助けた、と話した。ティーナはログの手を借りて立ち上がり、ジョシュに笑顔でお礼を言った。

「ありがとうジョシュ。ジョシュがいなかったら、あーし死んでたよ」

「うん……」

今回助けられたことでティーナのジョシュに対する評価は百八十度変わり、笑顔で話すようになっていた。しかし、ログは全く評価を変えなかった。こんなに強いのに、どうして怖がりなのか。本当に怖いのか？と。

「お前、結構強かったんだな」

「え？　あぁ、まぁ……腕相撲には自信あるよ……」

「なのにどうして自信ないんだよ？『怖い』って言ってたが……」

「……怖いもんは怖いんだよ」

「……そうか」

この日はジョシュと一緒に寝泊まりすることになった。

「そういえば、ジョシュって普段は斧をどうしてるの？」

食事の最中、ティーナは木に寄りかからせていたジョシュの斧を見た。

「いつも肩から掛けてる紐に結びつけてあるんだ。うまいこと固定されるようになってるんだよ。でも、面倒くさいからいつもは手で持ち運んでるよ」

ティーナのジョシュに対する評価は「女の敵」と決めて揺るがなかった。けれど、喋ってみれば度を超えて臆病な事と、自分より可愛い人を彼女にするということ以外は至って常識的。恋人としてはお世辞にもオススメしたいとは言えないが、友達としては優良物件だ。丁度、年も近いし、ティーナはすっかりジョシュと仲良くなっていた。

そして数時間後、ティーナは誰よりも早く寝た。足の怪我もあって、疲れていたのだろう。

ジョシュは明るいムードメーカーのティーナが寝てしまった今、なにを喋ればいいのかわからなかった。そもそも、ログのほうから好意的にジョシュに話しかけてきた回数は……

あれ？　ゼロ？

（僕、嫌われてるのかな……まぁそりゃそうだよね、嫌われるよね……）

「……なァ」

「っ⁉　はい‼」

ちょうど自分のことを嫌っている（とジョシュが思っている）人間が声をかけてきて、ジョシュは声が裏返り変な声が出た。

「そんな怯えなくていいって。聞きたいことがあるんだ」

「？」

「いったい、お前、なにを怖がっているんだ？」

「……え？」

「本当に怖いんなら、そもそもティーナのこと庇ってねえだろ。お前はただ、そう思い込んでるだけなんじゃないか？」

ジョシュは、目を見開きログの顔を見た。ログは、すべてを見透かしているような目をしていて、ジョシュは直視することができなかった。

「なにがそんなに嫌なんだ？　自分より可愛い奴を彼女にしたいんだろ？」

（そう、思い込んでいるだけ……）

言われてみれば、今まで戦闘で恐怖を感じたことなんて、ほぼない。ただ、「できないと思っているだけ」だ。

「……そう、だね。うん……本当は僕、そんなに怖くないかもしれない。でも、できないんだよ」

「お前、猛獣と戦った経験は？」

「ないよ。できるわけないもん」

（できるわけない、か……）

やっぱり、とログはため息をつく。

「できる。燃えてる木を切り倒せるんだからできる」

「なんでわかるのさ」

「勘だよ。その小せえ体で、でっかい斧持てるんだからできるだろ」

「……家族にさえ見捨てられるような弱虫の僕が、どうやって戦うんだよ」

「え？」

吐き捨てるように言い、ログのことを睨みつけた。そして、すぐに柔らかい目つきに戻り、ため息をつきながらうつむいた。ずっと自分より下だと思っていた相手に睨まれて、ログは一瞬ひるんでしまった。ジョシュは、しばらくなにかを言おうとしてはやめ、口を少し開けたまま、なにかを考えていた。そして、腹に溜まった感情をすべて吐き出すように、話し始めた。

「……僕はね、『村』出身なんだ。人口二桁しかいないけど。そこは優秀さだけで人の価値を決める場所だった」

「村？　珍しいな」

「そこでは僕は頭も悪くて、弱くて、泣き虫で……劣等生だった。親から名前を呼ばれたことだって、両手の指で数えられる程度。きっと君からしたら、その程度でって思うだろうけど、僕の村はそういう価値感だったから……。そのせいで学校でいじめられてね……でも、そのたびに兄さんが庇ってくれた」

「兄さん？」

「うん。三個上の兄さん。僕よりも優秀で、強いし頭もいいし、子供なのに、大人に引けを取らない、すごい人だった。性格は……まぁまぁ。兄さんは、僕の憧れだった。でも、僕を庇ったせいで兄さんまで悪口を言われるようになった。だから、僕たくさん頑張ったんだ。それで、まぁ平均レベルにまでは上がってきた。でも、それでもダメだった。いつしか学校に行くことすらできなくなった」

「ちなみに、自分より顔がいい奴と付き合うってのは、その時からの夢なのか？」

「あぁ、はい」

「……そうか」

なんとも言えない顔になったログを見て、ジョシュは苦笑いをうかべる。

「あはは……でも……僕が八歳くらいの時だったたっけ。『リベドルト』って名乗る奴らが押し寄せてきた。あいつらは、僕たちのことを奴隷にしようとした」

「リベドルト……⁉　お前、知ってるのか⁉」

「え、うん……ログ君もそうなの？」

「俺たちは、そのリベドルトを目指して旅してるんだよ」

「そうなんだ……ログ君もなんだね。あ、話を戻すね。リベドルトの奴らが攻めてきて、でも村のみんなは抵抗して、結果……皆殺し。それで、しばらく泣いてたら、兄さんが来てくれて……一緒に逃げた。そういえば、あの時、不思議なこと言われたな」

『なぁ、ジョシュ……』

『なに？』

村から逃げる途中、兄はさみしそうな顔をして聞いてきた。いつも笑顔を絶やさない兄がこんな顔をするなんて、なにかあったのか、怪我でもしているのか、と少し心配になった。

『もし、俺たちのどっちかしか生き残れないってなったら、どうする？』

その時自分は体力もなくなってきて、疲れていたからその言葉がどういう意味だったのかわからなかった。だから、思ったことをそのまま伝えた。

『そんなのやだ！　絶対二人だよ！』

『……そっか』


「きっとあの質問で、兄さんは僕の事をどうするか、決めていたんだろうな」

「どういうことだ？」

「……村から離れたところまで来た時、リベドルトの奴らが待ち伏せしてた。なんで僕らが逃げてるのに気がついたのかわかんなかったけど、とりあえず逃げなきゃってことだけはわかってて。逃げようとしたんだけど、いきなり兄さん僕の事を突き飛ばして、リベドルトの奴らのほうへ向かっていった。『なんで？』って聞いたら、兄さんはもともとリベドルトに手を貸してて、村を襲わせたのも自分だって……。『お前はいつも足手まといだった。お前みたいな奴、殺す価値すらない。さっさと失せろ』って言ってた。……やっぱり僕はみんなにとってただのお荷物で、兄さんの顔に泥を塗る失敗作だった。兄さんだけじゃなく、みんなもきっとそう思ってた」

「……」

「……それから、逃げて、逃げて、逃げて……気がついたらここにいた。それで、もうなにもかも怖くなって……」

「それで勇気が出ない、と……」

「リベドルトの奴ら、全員殺してやりたいほど憎いよ。リベドルトに行って、兄さんのことぶん殴ってやりたいよ。でも、どうしても勇気出ないんだ。……ごめんね、こんな話、困るよね」

なにを言っていいのか、わからない。

想像していたより、ずっと酷かった。酷すぎた。なにを言ったらこいつを励ませるのか、どれが最適解なのか、わからない。もしも、下手なことを言って余計に自信をなくさせてしまったら？

『そんなことない』『酷い話だ』『辛かったね』

だめだ。言えない。

俺はティーナみたいに上手く人のことを励ませない。あいつだったらこういう時なんて言う？


『これはただのあーしのわがままだよ』


「俺、お前のこと嫌いだ。大っ嫌いだ」

「……そうだよね」

「だから、仲間にすることにした」

「……ふぇ？」

「大嫌い」からの「仲間にする」という矛盾しすぎている言葉に、ジョシュはいつも以上に間抜けな声を出した。

「え？　ちょ、無理だよ！　僕なんかぁ！」

「無理じゃない。やるんだよ」

「無理無理無理いいい!!」

「お前はやれる」

「なんなんだよ！　お前はやれるとか、なんにもわかってないくせに、わかったような口ぶりで！　なんで君は村一つ簡単に滅ぼせるリベドルトに喧嘩売りに行こうとしてるんだよ！　君に僕のなにがわかるんだよ！　君は家族に見捨てられたことも、酷い扱いされたことだって——」

「ある」

言葉を遮られ、反射的にログのほうを見た。

「あるから、言っているんだよ」

ある、家族に見捨てられたことが、ある。

ログが言っていた言葉を頭の中で繰り返す。そのたびに、どういうことなんだ？と疑問が湧く。

「お前と俺は、嫌になるぐらい似てる。だから、お前の気持ちは痛いほどよくわかる。自分なんか誰にも愛されない、自分になんか価値がない。そう思ってんだろ？」

「っ……」

「甘えんな。この世に生まれてこないほうがよかった人間も、幸せになっちゃいけねえ人間もたくさんいる。でも、お前はその中に入ってない。だから幸せにならないといけないんだ。どうせ自分は……って考えてるほうがずっと楽だけど、それだけは絶対にだめだ」

「あ……」

ジョシュの目からはボロボロと大粒の涙が流れていた。

自分の事を信じて、見捨てずにいてくれた人なんて、初めてだった。

「……なんてな。いろいろ口挟んで悪い」

ログは、急にあっけらかんとした声になった。ジョシュは拍子抜けする。

「え？」

「他人にとやかく言われても、結局うざいだけだってわかってるけどさ……。結局のところ、お前を助けてやりたいっていう、ただのわがままだよ」

「わがまま？」

「あぁ。ただのエゴ。俺も、どっかの誰かのわがままでここまで連れてこられた。だからお前は絶対に俺たちの仲間になってもらう。拒否権はないと思え」

「……無理だよ」

「……」

結構頑張って話したのに、まだ説得できないのか。ログは少しだけしょんぼりしてしまう。

まぁでも、ジョシュの気持ちも痛いほどわかるし、どうやって説得したらいいものか……

「まぁ、今日は諦めるか。俺もう寝るわ」

「あっ……ごめん、ログ君」

「いいよ。それより、ティーナに『中の下』って言ったの、謝ったほうがいい」

「はい……」

そう言って、ログはジョシュの元を去り、寝床へ行ってしまった。


「……やっぱりか」

ジョシュと話し終わったあと、ログは少し寄り道をしていた。

ここに来る時……まだジョシュと会う前。地面ごと動いているように見えた所があった。地面の上に乗っかっているものもすべて、地面の動きと連動して揺れていた。

もしも、とてつもなく大きい猛獣でもいたらここはとても危険だ。だから、念のため確認をしに来ていた。

まぁ、案の定といったところか。

「ここまでデカいと、さすがに文明が発達していた時代の人間様でも気づけなかったってわけか……」

（こいつを利用すればもしかしたら……）

「ックション」

まずい、くしゃみが出てきた。そろそろ帰らないと。

この状況の世界での「風邪」は、一回かかっただけでも死ぬ可能性がある。この寒い中、これ以上いたら本当に死んでしまう。

「戻るか……」


「ジョシュ、まだ旅立つ気ないの？」

あれから二日。ティーナの足の傷は、走っても問題ないほどには回復し、ティーナとログはジョシュにずっと「旅をしろ」と言い続け、初めこそ柔らかい言い方で断っていたジョシュも段々とイライラしてきていた。

「何度言ったらわかるのさ！　僕は君たちの仲間にはならないよ！」

「そこをなんとか！」

段々とティーナも疲れてきて、今は昼食を取りながらログと相談をしているところだった。

ジョシュはすでに食べ終わり、川で皿を洗っているため今はいない。声の出しすぎで疲れたティーナはぐったりとうなだれて、話しかけられても「あぁ、うん、そうだね……」などたいして話の内容も理解できていないのに適当に相槌を打つだけになっていた。

「……なぁティーナ」

「えぇ？　なに？」

「あいつさぁ、怖いんじゃなくてただ自信がないだけなんだよ」

「うん。……昨日の話、聞いてたから知ってる」

「は？」

ログは目を見開いた。もしかしたら、まずいことを言ってしまったかもしれない、とティーナは焦った。だって、ログは責めるというより、隠していたことがばれてしまったかのような顔をしていたから。

「昨日、起きちゃってさ。それで二人がいなかったから、どこ行ったんだろ、って探してたら……」

「そっか……なら、説明しなくてもいいか。でもあいつ割と優しいだろ？　だからこういう作戦はどうかな――」

話を聞くなり、ぐったりしていたティーナの顔色は元に戻り、悪魔を超えて魔王の笑みで言う。

「あぁ～それ、名案だね」

「いつになったら諦めてくれるんだろう……」

一方、そのころジョシュは、昼食を取り終わり、皿を川で洗っているところだった。こんな自分にかまってくれるのを嬉しいとも思っていたが、それ以上に、顔を合わせたら「旅に出ろ」に、そろそろもう、うんざりしてきた。しつこい油汚れか、あの人たちは。

「……できるわけないじゃん……」

その時、遠くのほうから

「助けて!!!!」

ティーナの叫び声と大きな物音が聞こえた。反射的に斧を持って、音が聞こえたほうを見ると、たくさんの砂埃が舞っていて、巨大ななにかが見えた。

「……まさか、あれ鰐《わに》……⁉」

山かと疑うほど巨大で、鋭い目つきをした鰐が、顔を覗かせていた。開《あ》いた口からは自分たちよりも大きな牙が見えていた。

鰐の背中には木や廃墟が乗っかっている。長い年月をかけて、おそらくほとんど動かなかったため、鰐は地面と一体化した。三百年前の人類は、まさかそれが鰐だったとは気づかずに、建物や木を植えたのだ。

(ティーナの声が聞こえたのはあそこ……!　まさか、あの鰐に襲われて……⁉)

「ログ君‼　ティーナが――」

その時、ログもティーナと一緒にいることを思い出した。

二人を助けられるのは、自分しかいない。

斧を持って、鰐のほうへと走っていった。恐怖はない、足も止まってない。


『お前はできる』

ログの言った通りだ、ただ思い込んでいただけ、ただの食わず嫌いと同じだ。

必要なのは勇気だけ、それだけだったんだ。

足はどんどんと速くなっていく。斧を構えて、戦闘態勢に入った。鰐もどんどんと近づいてくる敵の存在に気がつき、くすんだ黄色い目をジョシュのほうへ向けた。

できる。やれる。

「僕だって――――！」

『君にできるわけがないだろ』

「えっ……」

突然、脳裏に誰かの声が響いて足を止めた。周りを見回しても、自分の周りに誰かいるような様子はない。

（これ……なに？　僕の声？）

『君にできるわけないだろ。君は家族にさえ見捨てられたんだぞ』

戸惑うジョシュに、声は追いうちをかける。

「うるさい！　黙っててよ！」

『君みたいな価値のない人間に誰かを助けるなんてできるわけがないんだよ』

「できる！　だって今、僕は助けに向かおうとしてる！　僕にだってできるんだ！」

『そう言って、どうせ怖くて逃げだすのがオチでしょ？』

「そんな、こと……」

『お前にできるわけがないんだよ』

ずっと自分だと思っていたその声の主は、自分じゃなかった。

たくさんの人の声だった。一人の声じゃなかった。

お父さんとお母さん、クラスメイトに先生、村の全員。そして――

「兄、さん……」

きっとこれは幻覚だ。気のせいだ。だってもう村の人たちは全員殺されて、兄さんはもうどこかへ行ってしまった。

それでも、ジョシュの目には見えてしまう。みんなが自分をあざ笑っているところが、みんなが指をさして自分を馬鹿にするところが、兄が自分を突き放してリベドルトの奴らと一緒にどこかへ行ってしまったところが、鮮明に見えてしまう。ついに、斧を手放してしまった。

「や、めて。やめてよ……」

鰐はどんどんと近づいてくる。鰐の手には、必死に逃げようとするティーナと、意識を失っているログが握られていた。ティーナはジョシュに気がつくと必死に助けを求めた。

「ジョシュ!!　お願い、助けて!!」

(無理だ……やっぱりできないんだよ、僕には……)

「できない……僕にはできな――」

「誰に言われたとか関係ない!!」

「えっ――」

「やったこともないくせにできないなんて言わないで!!　誰からなにを言われたって関係ない!!　できるかどうかを決めるのは、自分の価値を決めるのは自分自身だよ！」

「僕、自身？」

『どんなに頑張ったって、お前はだめなんだよ。兄貴よりもずっとだめで、失敗作だ』

「――うるさい。それは、お前らが決めることじゃない」

地面に落ちていた斧を拾い上げ、覚悟を決めて走り出した。恐竜のような鰐の手が、どんどんとジョシュへと近づいてくる。人の体なんて簡単に貫いてしまいそうな爪がギラリと光り、ジョシュを捕まえようとした。だが、大きく跳び、上空に逃げて鰐の手をかわした。ジョシュを捕まえられずに地面を叩いた鰐の手の衝撃で、辺りに土埃が舞う。ジョシュは地面に置かれたままの鰐の手に飛び乗り、腕を伝って頭部の近くまで走っていき、地面を蹴った。鰐の脳天の真上まで飛び上がる。鰐は、上空に飛び上がったジョシュの姿を睨みつけて、手を伸ばそうとする。

だが、それよりも早く決着がついた。

「うあああああああっ!!!!!!!!」

鰐の額に斧を振り下ろし、そのまま攻撃の勢いで地面にぶつかる衝撃を相殺した。

鰐は地面へ倒れこみ、ティーナたちも鰐の手から落っこちて落下死寸前だった。

「わああああああああっ!!」

さっきまで自分たちを握っていたはずの鰐の手からいきなり力が抜けて、ティーナたちはどんどんと地面に近づいていった。空へ手を伸ばしても掴むものも何もない。

「嘘……!」

しかし、ジョシュがギリギリのところでティーナとログをキャッチして、なんとか死なずに済んだ。

「……生きてる。あーし生きてる！　ありがとおぉぉ、ジョシューッ!!」

喜びのあまり、ティーナはジョシュに抱きついた。驚いて、ジョシュはバランスを崩して倒れそうになったが、なんとか踏みとどまった。

(僕が……やったんだ)

「……ティーナ、えっと、怪我は……？」

「大丈夫！　ほんと、ありがとね！」

「……」

『ありがとう』。言われ慣れていない言葉にジョシュはなんと返答するべきか迷って、その場に立ちすくんでしまった。『ありがとう』なんて片手の指で数えるぐらいしか言われた記憶がない。否定的な言葉をかけられすぎて、それに慣れてしまった。

「……別に、僕は──」

たいしたことなんてしていない、そう言おうとした。

でも、もっと単純で合っている言葉があった。子供でもわかるような言葉があるじゃないか。

「どういたしまして」

「うん！　すごいじゃん‼　ジョシュ、鰐、倒せたよ！」

「あぁ、そういえば……」

倒れこんだ鰐からは全く生気を感じなかった。自分は誰かの命を救って、感謝されている。あんな、馬鹿みたいに大きい化け物を倒した。

「……夢みたいだよ」

空を飛ぶ、動物と話す……奇跡でも起きないと叶わないような夢。ジョシュにとって、今起きていることはすべてそんな夢幻に等しいものだった。自分にできるはずがない、そう諦めていた夢が叶った。


『幸せにならないといけないんだ』

『自分の価値を決めるのは自分自身だよ‼』


「二人のおかげだよ」

ティーナはその言葉を聞くと、目を見開いて驚いた。

「ティーナとログ君が僕の事を信じてくれたから、僕はあの鰐を倒せたんだ。ありがとう！」

ティーナは、きょとんとしていたが、にこにこしているジョシュを見て、こっちまで口元が緩くなり、最終的には二人で大笑いし始めた。

（……人が気絶しているってのに、なんで大笑いできるんだ、あいつらは）

ログは地面に倒れたまま、倒れた人の前で大笑いできる二人に若干引いていた。

実はログは、ずっと気絶したふりをしていた。実は、鰐に襲われたのはわざとだった。

数時間前のこと。

『近くにとんでもなくでかい鰐がいたんだ』

『なにそれ？』

ログがなにか作戦があるようで、ティーナはぐでっとしながら話を聞いていた。

『でかくて、すげえ長生きするんだと思う。この前近くを散策していたら、偶然見つけたんだ。そいつに俺たちを襲わせるっていうのはどうだ？』

『え？　なになに⁉　どういうこと？』

『……はぁ。要は、すげえ長生きしているでかい鰐の背中を大昔の人類は「地面」だと勘違いして、たくさんの建物を築いたんだと思う。そいつを利用してなんとかジョシュを仲間にできないかっつー話だ』

『……？　襲わせて、利用する？』

『ジョシュは、ただ「できない」って思い込んでるだけなんだ。だから、俺たちがその鰐に襲われて、ピンチって状況になったら、鰐を倒せて自信がつくんじゃねえかなぁって』

『え、待って！　その鰐ってのに、あーしたち襲われなきゃいけないの？　その鰐って強い？』

『どうなんだか……まぁでも、俺だったら逃げる隙くらいは作れる』

『随分な自信だね。間違ってはないんだろうけど……なんだかそれじゃ、ジョシュの事、騙してるようで悪いんだけど。だって、ログが倒せるんだったら……』

『俺は倒せるなんて一言も言ってない。あんなデカブツ倒せるような馬鹿力は俺にはない。ワンチャン隙を作って逃げられるかどうか、ってところだ』

ログが倒せないなんて、どれだけ大きいんだろう。

『でも、ジョシュなら多分倒せる。それで、まぁなんやかんやで旅立たせて、あわよくば仲間に誘おうってことだ』

ログが提案したのは、「自分たちがピンチを演出することで、ジョシュが鰐を倒し、自信もつくんじゃないか」という作戦だ。もしかしたらジョシュは期待以上の実力を持っているかも、とは思っていたが、まさかあんなド派手に倒すとは思っていなかった。結果としては作戦は成功。あとはティーナに任せるしかない。ログにはティーナ程のコミュニケーション能力がない。

にしても、なんであいつら気絶してる演技とはいえ、ぶっ倒れてる人間の前で大笑いできるんだ？

（……まぁ、結果オーライか）

とりあえず、作戦は成功した。あとはどうやって旅立たせるか、だ。今自分は倒れてしまっているし、もし仮にジョシュと話せたとしても、驚くほど自分は励ましの言葉がへたくそだ。

（頼んだぞ……）

「よし！　ジョシュはあのでっかい鰐倒せるんだし、弱くなんかないし、すごい！ので、あーし達と一緒に旅をしてもらいます！」

「はぁっ？」

あまりにもストレートすぎる言葉に、ジョシュは勿論、ログまで声をあげてしまった。その声にジョシュはログのほうを振り向き、ログは急いで目を閉じた。

「あ、あれ？　なんか今、ログ君起きて……？」

「気のせい！　気のせいだよ！」

ティーナは大声で気のせいだと叫ぶ。ジョシュがなにを言っても、耳が壊れそうなほどの声量でかき消した。

「コホン、改めて言うよ。ジョシュ、あーし達の仲間になって！」

「え……？　僕が？　なんでティーナまで……」

「だってジョシュはリベドルトに行きたいと思っているんでしょ？　お兄さんのこと、ぶん殴りたいんでしょ？　あーし達もリベドルトを目指している。目的地は一緒なんだ。なにより、ジョシュが一緒にいてくれたら楽しいと思うからね」

ティーナはストレートに告白まがいのことを言う。ジョシュは納得できずに、うつむいてそれを否定した。

「リベドルトに行きたいのはそうだけど……でも、僕なんかが役に立てるわけ……」

「そうじゃなくて！　あーしは損得じゃなくて、ジョシュがいいの！　あーしから見てジョシュは凄いの。だから『僕なんか』なんて言わないでよ。ジョシュは『なんか』なんて言われる程度の価値じゃない、もっと凄い人だよ」

ジョシュは目を見開いた。

ずっと「劣等生」「オマエは要らない」と言われ続けてきた。自分を必要としてくれる人なんていなかった。だというのに、君は僕を必要としてくれるの？　価値を見出してくれるの？　胸にこみあげてくる熱いものが涙になって溢れ出てきそうになる。だが、いつもはみっともなく泣いているくせに、今だけはそれが恥ずかしかった。ジョシュは目に溜まる涙を拭《ぬぐ》う。そして涙が消えた、からからの笑顔で話す。

「さっき『自分の価値を決めるのは自分自身だ』って言ってなかったっけ？」

「えっ？　あ……それはそれ、これはこれ。そもそもあーしは理屈で話すの好きじゃないし、ジョシュのこと凄い人だって思っているのも事実だし」

すらすらと言い訳をする子供の様に話すティーナを見たジョシュは、我慢しきれなかったというように大笑いしだした。

「笑わないでよ！」

「あははは……それじゃあ、行こうか」

「え？」

「え？って……君たちはリベドルトへの旅をしているんでしょ？　先へ進もう」

そう言って笑うジョシュに、ティーナはきょとんとして黙り込んでしまう。しかし、しばらくすると同じように、

「うん。それじゃ、まずはログを起こさないとね」

そう、笑い返した。

猛獣の住処

「……やってしまった」

ティーナは深く頭を抱え、地獄の底から響き渡るような声でつぶやく。

シャッターを閉じて真っ暗になった、ガラスケースの破片が散乱する部屋に猛獣の唸り声が響き渡っている。シャッターのすぐ近くから、爪でシャッターを引っ掻く音や咆哮が聞こえ、逃げることとさえ許されない。

ここは廃墟と化したショッピングモールの一つの店の中。シャッターを閉じて、外にいる猛獣たちから襲われないように立てこもっている。

「ひえええ……なんでこんな猛獣たくさんいるのぉ……」

部屋の隅っこで、ジョシュが頭を抱えて怖気づいている。でもそうなってしまうのも当然だ。

「こっからどうする？　シャッター開けた瞬間に猛獣たち、襲い掛かってくるぞ」

「どうしようかなぁ……」

ことの発端は数時間前、ティーナがいつものように、ナギサから聞いた旧現代の知識を二人に話していた時のことだった。

ジョシュが仲間になってから二週間が経ち、もうすっかり馴染んできて、二人と仲良く雑談ができるようになったころ、ティーナが話している最中に、「ショッピングモール」という単語を出した。

「ショッピングモール……？　聞いたことないな。ログ君は？」

「いいや。俺も聞いたことねえ」

当然ログとジョシュが知るはずもなく、二人は首を傾げてどういう意味なのか考えている。

最近、ティーナが出す旧現代の単語をどういう意味なのか当てるゲームを暇な時にやっている。これが意外と盛り上がって、ログとジョシュがあまりにも的外れなことを言うので、知らないんだから仕方ない、とはわかっていても、ついつい笑ってしまう。でも過去に一回だけジョシュが意味を言い当てたことがあって、その時はティーナもログも思わず拍手をしてしまった。

「う～ん……ワープできる装置の名前とか！」

「ブッブー！　ジョシュ不正解！」

「生き物の名前とかは？」

「ログも不正解！　正解はねぇ、お買い物をする場所！」

ティーナが正解を言うと、ログとジョシュは「いや、わかるわけないだろ」とツッコミを入れる。

「ジョシュは知ってると思ってたんだけどなぁ」

「そりゃ僕の村でも買い物の文化ぐらいあったけどさ、そのショッピングモールって旧現代の単語なんでしょ？　ってことはめっちゃ大規模なんでしょ？　僕の村は屋台やらテントやらで野菜が売ってるくらいだからそんな大規模なやつじゃないんだよ」

「へぇ。で、だよ。そのショッピングモールがね、この近くにあるんだよ！」

「あったか？」

「あったじゃん！」

「ああ、そういえば……」

三、四週間前、まだジョシュと会う前にとてつもなく大きい建物を見つけた。三百年経っているはずなのに、少し苔がつく程度で、建物は少しの傷しかついていなかった。その時ちょうど水不足になりかけていた頃で構っていられず、素通りしていた記憶がある。その時は暑さのせいで、水に溶かした絵の具を紙ににじませたように記憶が曖昧だった。だからその建物がすごく大きくて、なにかの文字が書かれていた、ということしか覚えていない。今ちょうどUターン中、通り道だしせっかくだから行ってみたいな、と思っていた。それと、あとからわかったことだけど、ショッピングモールの中を通っていけば近道ができた。あの時自分たちが通っていったルートはショッピングモールに沿って、迂回して目的地に行くルートで、ショッピングモールをまっすぐ通っていけばかなりの近道ができていた。

「まぁ別にログとジョシュが嫌なら行かなくてもいいけど」

もしかしたら断られるかもしれないので、一応予防線を張っておいた。二人はそろって首を傾げ、しばらく悩んでいた。個人的には行ってみたい。近道、というのもあるが、なにより大きな建物の中に一回は入ってみたい、という欲が強かった。外見があそこまで綺麗なら中だって、少しは無事なはず。人類が残した、自分たちが知らないたくさんのもの。見てみたいに決まっている。

「近道だったら、俺はそこ通っていくほうがいいな」

「僕はどっちでもいいよ。二人が行きたいならそれでいいと思う」

「それじゃあ、通っていくルートで決定ね！」

なんとか二人が嫌がることもなくショッピングモール（だったもの）に行くことが決定して、少しホッとした。


それから五分ほど歩いていくと、とても巨大な建物を見つけた。

全体的に四角くて白くて、所々がガラス張りになっている。蔦がたくさん巻き付いて、苔もまるで草が生い茂っているみたいにたくさんついているのに、なぜか綺麗だったころの姿が容易に想像できる。たくさんついているロゴや看板は色が薄くなって、入口と思われる所には、透明なドア……所謂、「自動ドア」がいくつかついていて、建物の真ん中、一番目立つ所にピンク色の文字で大きく「ＰＥＡＳ」と書かれている。さすがにアルファベットまでは読めないけど、きっとこれがこのショッピングモールの名前なんだろう。

きい。


「でっか……」

あまりの大きさに、ジョシュは息を呑んだ。「とんでもなく大きい」ということは頭では理解していたはずだったが、やはり聞くのと見るのとでは全然違う。この前に倒した鰐くらい大きい。

「この中をまっすぐ進めば近道ってことか？」

ログがそう聞くと、ティーナはこくりと頷いて、小声で補足をした。

「まぁ、近道って言っても数十分早くなるだけなんだけどね……」

「え？」「は？」

二人の声にティーナはびくりと少し飛び上がり、「説明しろ」と圧をかけるように送られてくる二人の視線に目を背けた。

「……まぁ近道だろうがなんだろうが、数十分の差だったらもう行きたいか行きたくないかで決めていっか」

これ以上圧をかけてもどうにもならないと判断し、ジョシュは呆れたように言った。そして、ティーナたちは自動ドアの前に立った。

「それじゃ、入るか」

「うん」

自動ドアの前に立っても、もちろん三百年という途方もない時間でシステムは壊れてしまっているので、自動でドアが開くなんてことはない。となると、自力でこの固まってしまったドアを開けなければいけないということか。

「ふん……‼　ぬぐぐぐ‼」

わかってはいたことだが、三百年ずっと閉じたままのただでさえ重いドアを開けるなんて、ティーナには無理な芸当だった。

「無理……ログ、代わって……」

「わぁーった」

と、ログも同じようにやっても結果は同じ。数十秒後にはティーナとログが汗をだらだらと流しながら座り込んでいた。

「ジョシュ……できるか？」

「えぇ……ログ君にも無理なの？　できるかなぁ……まぁ、やってみるけど……」

ジョシュはドアの前に立ち、取っ手を掴んで「よいしょ」と言いながら、ログとティーナがどれだけやっても開かなかったドアをいとも簡単に、綺麗にスライドさせるように開けた。ドアについていた蔦がびりびりに破れて、たらんと情けなくぶら下がった。ジョシュは疲れた様子も力んでいた様子もなく、これぐらいできて当然だよね、ぐらいの余裕っぷりを見せつけた。その時のティーナとログの心の中はこう。

こいつが味方で本当によかった。

「あれ？　そんなに重くもなくない？」

この言葉は煽っているわけでも悪意があるわけでもない。ただ純粋に感想を言っているだけだ。それが余計に化け物度……という単語があるわけがないが、それを倍増させている。

「ドア開いたし、行こうよ」

ジョシュは引いているティーナとログに声をかけた。その言葉で二人はようやく現実に返り、わかった、と返事をし進み始めた。

この光景は、実はジョシュが仲間になってから何度も起こっている。

ティーナとログがあることに挑戦し、見事に惨敗。そして、ジョシュがそれを涼しい顔でやってのける。大抵この光景が起きる時は、ジョシュが馬鹿力でティーナとログができないことを解決している。

これはもう、一種の現象になっている。名前を付けるとしたら、『ドン引き現象』とか……。

（なんだよドン引き現象って。そのまますぎか）

とティーナは心の中でセルフツッコミを入れる。なぜ自分はこんなにもネーミングセンスがないのだろうか。

中に入ると、中央を囲うようにして四段くらい、店だったものが入っている階層が積み重なっていて、中央には屋上まで延びているエスカレーターらしきものがある。天井がガラス張りになっていて、所々割れているから電気がついていなくても太陽の光で明るくなっている。そして、きっと昔は観葉植物だったはずの植物たちが伸びに伸びて、店内はジャングルのようになっていた。

「こんだけ木とかが生えてたら、生き物の一匹二匹がいてもおかしくないよな。それこそ、ジャングルに住んでるような猛獣とか」

「ひいい！　怖いこと言わないでよ、ログ君！」

「冗談冗談。言ってみただけだ」

ログがジョシュを怖がらせて言った冗談は、実は本当に起こるかもしれないことだった。

（確かに、猛獣の一匹二匹はいるよね……）

ナギサが言うところによると、ゴリラとか鰐とか、そういう生き物の出どころはだいたい動物園らしい。職員が鍵を閉め忘れたのか、自力で脱出したのか。知る由もないが、動物園から出てきた動物たちは、生きていくためには食料が必要。だから、人が多い場所……というより、食べ物がたくさんある場所を目指す。ショッピングモールなんて食べ物が山のようにある。しかも既にジャングルのようになっていて隠れ家もたくさんあるこの場所は、猛獣がたくさんいる可能性がかなり高い。

「このまままっすぐ行けば、多分出口に着くはずだよ」

そして、十分もかからずに出口に着いた。なんだかあっさりすぎて拍子抜けした。

「なんだかすぐ終わっ――」

ログは途中で言葉を止めて、後ろを振り返った。

「どうかしたの?」

ジョシュが聞いても、ログはずっと黙ったままで背後の、日光が届かない、暗くなった店の跡を睨みつけている。まるで、そこになにかがいるみたいに。

「いや……なんて言うんだろうな、これ……気なんてものはねえんだろうが、きっとこれは――」

「殺気だ」

「っ⁉」

その言葉に、ジョシュとティーナは互いに武器を構え、ログが睨みつけている方向を見た。

（殺気……やっぱり、なにかが……）

ぐっ、と目を凝らして見ると、暗闇の中にギラリと光る二つの目があった。そして、段々と自分たちを見ている敵の姿も見えてきた。

巨大な猫のような体。顔の周りに生える鬣《たてがみ》。黄土色の体。真っ赤になった肉にかぶりつく牙。

「ライオンだ‼」

ティーナがそう叫ぶと暗闇の中から睨みつけてきたライオンが辛うじて目で追える速さで突進してきた。三人はギリギリのところで避けたが、ライオンはすぐ方向転換し、ログに手を振りかざし、鋭い爪で攻撃してきた。それをなんとかナイフで受け流し、そのままガラ空きになった胴をナイフで突き刺した。ライオンは一瞬動きを止めたが、すぐにログを睨みつけ、空いたほうの手でもう一度攻撃をしてきた。その時、ナイフが弾き飛ばされ、ライオンの爪がログを切り裂こうとしていた。

「うあっ‼‼」

その時斧を持って、ジョシュはライオンとログの間に割り込み、斧を使ってライオンを突き飛ばした。ライオンは壁に打ち付けられた体をゆっくりと起こして、ティーナたちを睨んだ。するとログとジョシュから目をそらし、孤立しているティーナのほうへ向かっていった。

「しまった！」

振り上げたライオンの手をティーナはなんとかライフルで受け止めた。今にも自分の顔を切り裂いてしまいそうな爪を目の前に、ティーナは恐怖で体が動かなくなった。

目線をそらし、ジョシュとログのほうを見る。二人とも地面に転がったナイフを持ってこっちに走ってきている。でもだめだ。その前にこっちが負ける。押し返す……いや、できるわけない。

（逃げるのも腕力で押し返すのもだめ……なら……）

ティーナは足に全身の力を集中させて、ライオンの腹を思い切って蹴飛ばした。ライオンの手がライフルから離れる。その隙を狙って、ティーナはライオンの顔面を撃ち抜いた。ライオンの巨躯《きょく》が地面に倒れて、血があたりに広がった。

「た、倒した……はあああ……怖かったぁ」

気が抜けて、へなへなとわかめのように座り込んだ。ログとジョシュは心配そうに駆け寄ってきて、怪我はないかと聞いた。

「怪我？　あぁ……うん。平気」

「ならよかった……」

緊張で張りつめていた声から風船の空気が抜けたように緊張感が取れて、ティーナは「ほら」と差し伸べられたログの手を取り立ち上がろうとした。その時、ログの手に血がついているのが見えて、ティーナはログの手を掴み、血が出ているところを見た。手の甲に、切り付けられたような傷ができていて、傷口には薄く血がついている。

「ねぇ、これって……」

「ライオンにさっきやられた。こんくらい放っとけば治るし、心配しなくても平気だ」

「……痛くない？」

「大丈夫だって。心配すんなよ」

ログが言っている言葉が嘘だとは思わなかった。傷だって、そこまでのものではない。

だけど、それでもティーナは申し訳なく感じる。ライオンが現れた時、ティーナは二人より動きが遅れた。

（……あーしがちゃんと戦えてればな）

「さぁて、あんなのがいる場所とはさっさとおさらば――」

「グルルルル」

背後から聞こえてきた唸り声に、その場の全員が固まった。

「ま、まさか……」

振り返ると、ライオンの大群が唸り声をあげながらこっちを睨みつけていた。まぁ銃声なんて聞こえて、仲間の死体があったら……

（ああ、あいつらがなにを考えてるか、簡単に想像できちゃうよ……）

「グルルルル……!!（ヨクモヤッタナ……！　クイモノ……!!）」

「逃げるよ!!」

それから、とにかくたくさん走って、それでも後ろから聞こえる唸り声はやまなかった。何度も階段を上り下りして、休憩せずに走り続けた三人の体力は限界に近づいていた。

（どうしよう……ログ君もティーナも、もうそろそろ体力がもたない。どっか、隠れられるとこ……）

ジョシュはあたりを見渡して、猛獣たちから身を隠せる所を探した。視界に映るすべてのものに注意を向けて、隠れられそうな所を探しだそうと気を張りつめる。

ふと、目に留まったのが苔で覆われた黄緑色のシャッターだった。そのシャッターが閉められている店の中なら、隠れられるはずだ。

「二人とも！　あの中は⁉」

シャッターを指さしながら、二人に向かって聞くとすぐに「隠れられる！」と返事がきた。

それに小さく頷き、シャッターのほうへ走り、思いっきり開けた。力加減をしていなかったせいか、シャッターはあまりにも勢いが良すぎて天井にぶつかりドゴン、と骨が折れるような嫌な音をたてた。

「早く中入って‼」

そう言おうと振り返った。その時、後ろから迫ってくるライオンの大群が見えて、冷汗が流れた。自分たちが走って数分はかかるであろう距離を数十秒で走り切り、どんどんと迫ってくる。

「早く‼」

ティーナとログは急ぎ足で中へ駆け込み、二人が入ったことを確認して、ジョシュも中に入りシャッターを閉めた。閉めた瞬間に、ライオンたちが思い切りぶつかる音が何度か鳴って、あと数秒遅れていたら……と考え背筋が凍った。しかしすぐに冷静になり、ティーナとログのほうを振り返った。

「二人とも大丈夫⁉」

「あぁ、助かった。サンキュな」

「ありがとうジョシュ！」

ティーナとログからの感謝の言葉に、ジョシュは口元が緩んで「えへへ」と頬をかいた。その様子に、ティーナとログは二人そろってこう思った。

可愛いな、こいつ。

えへへ、とか、ほっぺをかくとか、あざとさの塊じゃないか。ジョシュが男子だからか、なぜか余計に可愛さが倍増している。

ガンガンガン‼

「っ‼」

シャッターを叩く音で、ほわほわしていたティーナたちは現実に戻され、今自分たちが置かれている状況を理解し、もしかしたらさっきよりも悪い状況になってしまったかもしれない、と後悔した。

「……やってしまった」

ティーナは深く頭を抱え、地獄の底から響き渡るような声でつぶやく。

シャッターを閉じて真っ暗になった、ガラスケースの破片が散乱する部屋に猛獣の唸り声が響き渡る。すぐ近くから、爪でシャッターを引っ掻く音や咆哮が聞こえ、逃げることさえ許されない。逃げようとシャッターを開けた瞬間に、外で待機している猛獣たちに襲われてお陀仏。逃げられたように見えて、袋小路に自分たちで入ってしまっていた。この状況を表すとしたら、「袋の中のネズミ」という言葉が似合うだろう。

「ひえええ……なんでこんな猛獣たくさんいるのぉ……」

部屋の隅っこで、ジョシュが頭を抱えて怖気づいている。さっきまでのかっこよさと可愛さはどこへ行ったのか、プルプルと小鹿のように震えている。でも、そうなってしまうのも当然だ。

「こっからどうする？　開けた瞬間に猛獣たち襲い掛かってくるぞ」

「どうしようかなぁ……」

シャッターを開けた瞬間に一巻の終わり。でもここにはガラスケースの破片が転がっているだけで食料もない。ずっとここにいても万事休す。となると、開けるしかない。

「……囮《おとり》、やれる人っている？」気まずそうに、ティーナが言った。

「え？　囮？」

嫌な予感がして、背中にサーっと冷たい空気が通った気がした。そのせいか、ジョシュはいつにも増して、頼りない声が出た。そんなジョシュの様子を見て、ティーナは申し訳なさそうに口を開き、考えていた作戦の内容を説明した。

「えっと、まずこの中の一人がシャッター開けて、そのあとライオンたちの気を引くために、誰かが囮になって逃げまわる。その隙に、残った一人がライオンたちを倒す。こういうのなんだけど……」

「う～ん……まぁ、それ以外に方法はないかぁ。いやだなぁ……囮になる人は、どうする？」

「ジャンケンでいいだろ」

「ジャンケン⁉　そんなんで決めていいの⁉」

結構真剣に決めないといけないことをログが「ジャンケンでいいだろ」と笑いながら言ったので、ジョシュはあからさまにびっくりしながら問い返す。囮になる人の命の保証はできないのに、ジャンケンなんかで決めようとするその神経はむしろ感心してしまう。

「誰が囮になろうが、絶対倒せんだろ。だからジャンケンのほうが早く決まるし、いいじゃねえか」

「いやいや……あーしには無理だと思うよ。あんなデカブツ達倒すなんて」

「さっきやってたじゃねえか」

「あれをもう一回やるなんてできると思う？　あーしは二人と違って強くもないし、あーしが囮になったほうがいいって」

「はぁ？」

いつもはそんな弱気なこと言わないのにな、と疑問に思った。ジョシュが「そんなことないよ」とフォローしても、ティーナの表情は曇り空みたいに薄暗くなったままだ。その様子に心配になり、ログはなにかあったのか聞こうと思ったが、ストレートに聞いても多分教えてくれないだろうなと思い、やめた。いろいろ考えながら、ティーナをじぃっと見ているとティーナの目線が自分の手に向いていることに気がついた。さっきライオンに切りつけられて傷がついている手を、ティーナは申し訳なさそうに見ている。

そういうことか、とログはため息をついた。

「あのな、そんな小さいことで罪悪感なんて感じなくていいんだよ」

「えっ？」

目を丸くしているティーナを見て、ログは、図星だったのかと呆れる。

「お前、馬鹿か。自分が一番体力ないって自覚してんなら囮なんてすんな。あんな恐ろしく速いライオンたちから逃げきれるわけねえだろ。少し考えたらわかることだろ」

「う……」

「い・い・な？　わかったな？　返事！」

「はい！」

反射的に返事をすると、ログはため息をつきながらそれでいいんだよ、と言わんばかりに頷いた。

「さーて、じゃあ俺とジョシュでジャンケンするか」

「ええ、ログ君、本気？」

「本気。マジ。出さなきゃ負けな」

「わかったよぉ……」

「せーの」の掛け声で二人は一斉に手を出した。

「えっ……僕、負け？」

「まぁジャンケンだし、しゃーねえ。頑張れ」

「『頑張れ』じゃないよ！　なんで!?　なんでこういう時に限って僕負けるの!?　うわあああ

あん!! 死んじゃうよぉ！ 逃げ惑った末にライオンたちにぐっちゃぐちゃに食べられちゃうよぉ！」

「ジョシュ、落ち着いて！」

汚い高音をあげて泣き叫ぶジョシュをティーナは必死に押さえつける。ティーナが頭をなでなでしながら「大丈夫、大丈夫」となだめていると、数十秒ほどでジョシュはまだブツブツと言いながらも、一旦落ち着いた。

普段は自分のほうが面倒を見られるほうなのに、どうしてもジョシュを相手にすると自分がしっかりしなきゃな、となんだか自分が年上のように思えてくる。今相手にしているのは同い年の人のはずなんだけどな。

「まぁ囮は決まったとして、倒す人は誰にする？」

「俺かティーナか、どっちかだよな」

正直、ティーナにはあのライオンたちを倒す自信がない。自分よりはるかに強く、恐ろしく速いライオンたちを見たら、撃つ以前に恐怖で体が動かなくなる自信しかない。それに、手元が狂って弾を外したらもう次はない。銃声でライオンたちはティーナの居場所に気がつき、ジョシュの体力は限界を迎える。

外したらもう次はない。

その恐怖に自分が耐えきれるはずがない。ここは、絶対にログがやったほうがいい。

「あーし自信ないし、ログがやるほうがいいと思うよ」

「俺が？……わかった。それじゃ、ティーナがシャッター開けるってことか？」

「うん」

こくりと頷き、ティーナはよっこいしょと立ち上がるとシャッターの前に立ち、取っ手の部分を掴み開けようとした。

「……んん？」

いくら力を込めても、店内に散らばっている太い棒らしき何かやらを使って、梃子《てこ》の原理を試せないかと試行錯誤しても、シャッターは頑固で、びくともしない。

「あ、あれ？　ログ、ちょっとやってみて」

「……？　あぁ……」

ログも同じようなことをやったが、一ミリメートルも動かなかった。

おかしい。だってさっき、ジョシュはこのシャッターを軽々と開けていたはずなんだ。なのにどうして……？

「……ジョシュは、とんでもない馬鹿力なんだね」

「？」

ティーナが呆れたように言うと、ジョシュは首を傾げた。もう恒例になりつつあるこの光景を見ながら、ログとティーナは顔を見合わせてため息をついた。

「ジョシュ、ジョシュは囮じゃなくてシャッター開ける人になったよ」

「えっ、ほんと⁉　でもなんで？」

「ジョシュがチビゴリラだから」

「えっ、酷くない？」

真顔で返すジョシュに見向きもせず、二人はもう一度作戦を練り直した。まず、シャッターを開けるのはジョシュで確定だ。となると囮になるのはティーナかログの二択。ティーナはライオンたちから逃げきれるほどの体力もない。となると囮になるのはログになって、ライオンたちを倒すのはティーナになる。

「ティーナがあいつら倒すってわけか」

同じことを考えていたのか、ログはティーナのほうを見て問いかけるように言った。ティーナは頭を抱えながら深く考えていたので、いきなり声をかけられ少しぴくりとなった。

「うん。……あーし、できるかなぁ」

「できるだろ」

紙一枚よりぺらっぺらに軽い言葉を言うログにティーナは「軽すぎでしょ」とツッコミを入れ、続けて否定的なことを言った。

「あーしが外したら、ログは死んじゃうかもしれないんだよ？」

「俺が死ぬわけねえだろ。ばっかじゃねえの」

訳がわかんない、という顔をしているログの顔が、むしろティーナには訳がわからなかった。自分の手元が狂いでもしたらログは死んでしまう危険性すらあるのに、なぜそんな平気そうな顔をしているのだろう。

「……はぁ。お前、今日はとことん自信ないんだな。俺たちが初めて会った時のこと覚えてるか？」

「え？　ええと、ログがあーしのこと狼から助けてくれた時だっけ？」

「あの時、お前が狼を撃った時、他の狼が庇ってたから弾が当たらなかったけど、それがなかったら当たってただろ。あの遠距離からあれ撃てるのか、って驚いた。十年は練習したんだろ？　だから無駄な心配しなくて平気だ」

ティーナは目を見開く。

「わかったらとっとと始めるぞ」

そう言い、隅っこで恐怖のあまり縮こまっているジョシュのほうへ行き、「起きろー」と声をかけた。ジョシュは頑なに拒んでいるようだ。

「立〜て〜!!　ここにいても死ぬぞ……!」

「い〜や〜だぁ!!」

ジョシュを引っ張り連れて行こうとするログと、それを馬鹿力で必死に拒み、座り続ける二人の姿は、見ているとなんだか滑稽で、微笑ましくもあった。

「……できる」

あーしにはあいつらを倒す力がある。自分自身に暗示をかけるように言葉に出して言い聞かせた。

そうだ、ログたちは自分を信じてくれているんだ。ログだって囮なんて怖いに決まっている。それでも、自分を信頼してくれているんだ。

(あーしにできることは、その期待に応えることだけだ)

「いい加減に立て!　怒るぞ!」

「ひっ！　わかった！　立つから怒らないで！」

ようやくジョシュは立ち上がり、ログはため息をつきながらティーナに言ったように「とっとと終わらすぞ」と言った。ジョシュは涙目になりながらも小さくこくりこくり、と頷いている。ログは小さい子を相手にしている気分になった。

「よし、それじゃ……」

ジョシュはシャッターの前に立ち、ティーナとログはショーケースの方へ隠れ、座り込んでシャッターの方向を見た。今もまだ、猛獣たちの唸り声は響いている。

「いくよ！」

ジョシュはそう言い、シャッターを勢いよく開け、一瞬でティーナたちがいるショーケースの方へ隠れた。雪崩のようにライオンたちは店内に入ってきて、ティーナたちの姿をきょろきょろと探した。座り込んでいるせいか、ジョシュから見てライオンたちの姿はとても巨大で、恐怖と緊張で胸が圧迫され、うまく呼吸ができなくなった。

ログはライオンたちの隙をついてショーケースから出ていき、店内から出た。

「こっちだデカブツ‼」

そう言うとライオンたちは一斉にログのほうを振り向き、ログは一瞬で反対方向へ逃げていった。ライオンたちの目はログにだけ向いている。今がチャンスだ。ティーナはライフルを構えライオンたちに銃口を向けた。スコープの中を覗き込み、照準を合わせた。

（いや、でも狙いは複数体だ。こんなことやってたら時間なくなる）

いちいちスコープを覗いて照準を合わせるなんて面倒な事やってたらログが先にライオンたちに食われてしまう。そう気がつきスコープを覗くことをやめ、感覚でライオンたちに照準を合わせた。

「ログ、避けて!!」

聞こえているかどうかもわからないが、聞こえていればログはきっと弾を避けてくれる。そう信じるしかない。

覚悟を決め、引き金を引いた。ログから一番遠く、最後列にいたオスのライオンが赤い血を流してばたりと倒れ、ティーナは続いてライオンたちを撃った。後ろから順番に同じようにライオンたちは倒れていき、数十秒後にはもうライオンたちは全員倒れていた。

ライオンたちという壁がなくなったため、一人突っ立っているログの姿がよく見えた。

「ログ君ー！」

ログに傷がないことに安心し、ジョシュは満面の笑みでログのほうへ駆け寄っていった。

さっき、ログはかなりギリギリの状態で、ライオンたちに腕を掴まれそうになっていて実は結構危なかったので、いつも通りのジョシュの姿を見て、ログも安心した。海よりも深い深いため息をつき、ジョシュとティーナのほうへ歩いていった。

「……え？」

ジョシュの後ろで倒れていたライオンの一体が、最後の力を振り絞り、よろつきながらも立っていた。その目は赤黒く輝いているように見え、まるで大量殺人鬼のような目をしていた。そのライオンはジョシュのほうへ向かっていた。

だめだ、逃げろ、戻れ！

そう伝えようとしても、走り回ったせいか息も絶え絶えでうまく喋ることができない。息を大きく吸い込みながら、ジョシュに向かって指をさす。後ろにいる。逃げろ、と伝えようとする。でも、腕も疲労で上がらない。

（クソッ……どうして……）

「逃げろ!!!!!!」

なんとか絞り出したログの大声にジョシュは動きを止め、振り向いた。その時にはもうライオンは手を伸ばせば届く距離まで来ていた。

ああ、だめだ。死んでしまう。

その絶望は一秒後、消え去った。

「……!?」

後ろを振り向いた時ジョシュは、予想していなかった人物が目の前にいたせいで言葉を出すこともできなくなった。

「ティーナ？」

ティーナはジョシュの前に立ち、ライオンから庇おうとしていた。ライオンはもうすぐそこまできている。ティーナがどうにかすることなんて、できるわけがない。

「えいっ!!」

ティーナはジョシュを攻撃の当たらない範囲へ突き飛ばし、自分に向けられてきた攻撃をギリギリのところで躱《かわ》し、ライオンに足を引っ掛けて転ばせた。うつ伏せ状態になったライオンを足で踏みつけ固定し、頭に直接銃を突き立て、なんの躊躇《ためら》いもなく引き金を引いた。冷たく無慈悲な顔を見て、普段のティーナとは明らかに何かが違うとわかった。そして、ティーナの目は「赤黒く光っている」とか、そういう表現ではなく、本当に赤く輝いていた。ティーナの目の色は普段赤味がかった茶色で、いたって普通だ。なのに、今は赤く光っているように見える。

いつもだったら動物を倒す時に申し訳なさそうな表情をしながら、ごめんねと言っているのに、今はまるでゴミでも見るような目でライオンを踏みつけて容赦なく命を奪い、頬には返り血がついている。いつもとは違うティーナの姿にログとジョシュは本能で恐怖を感じた。

「ふぅ……あっ、二人とも大丈夫？」

頬についた返り血を拭きながら、ティーナは二人に聞いた。ジョシュは「うん」と呆然としながらも返事をしたが、ログはあまりの衝撃で声も出せずにいた。ティーナはログやジョシュほど接近戦が強いわけでもなく、身体能力は良くも悪くも平凡。体力もそこまでない。それは自他共に認める「事実」だった。

でも、今ティーナは少なくとも数十メートルは離れていた距離を一瞬で移動し、ログやジョシュでも距離があれだけ近いと成す術がないライオンを、いとも簡単に倒してしまった。

「ログ？　大丈夫？」

いつもと変わらないテンションで話すティーナの声にハッとし、ログも大丈夫だと返事をした。そしてすぐティーナのほうへ行き、疑問をすべて聞いた。

「お前、そんなに強かったか？」

「え？」

「一瞬でジョシュのいるところまで移動していたし、ライオン倒してるし……お前、もしかして本当に化け物だったりするのか？」

「ちが……うと、思いたい。」

ログに言われて気がついたが、今さっき自分は本当に化け物まがいのことをしていた気がする。

「どうしてだろ……なんか、こう『ボオオ！』ってした」

「擬音に頼らずに話してくれ」「もうちょっとわかりやすい説明して」

ログとジョシュにそろって言われ、ティーナは頭を抱え、どのように説明したらいいか考えた。

「う～ん……」

ティーナはしばらく考えたあと、自分なりに出した答えを二人に伝えた。

「あーしさぁ、普段は『自分は弱い』って思っちゃってるから、なんか、自分で制限しちゃってるっていうか……でも、今はやらなきゃ、あーしはできるんだ。って思って……うーん、難しい」

ログとジョシュは、難しいのはこっちだよ、とツッコみたくなった。

「とりあえず、もうこんな所は出よう！　ね？」

ティーナはあまり物事を難しく考えることが得意じゃない。それになんだか自分が化け物扱いされているようでむずがゆい。なので、あからさまに話をそらし、ショッピングモールの中から出ることを提案した。もっともな正論なのでログとジョシュは問い質《ただ》すことをやめ、そうだね、と頷いてくれた。これ以上質問を受けるのは面倒だったので、心の中で安堵のため息をついた。

「じゃあ今度こそ、こんな場所とはおさらばしよう！」

「ねぇねぇティーナ。これって近道どころか遠回りじゃなかった？」

「あー、それ俺も思った。もともと近道だからっていう理由でここに入ったのに、結局めっちゃくちゃ時間食ったな」

「うっ……ごめんね」

申し訳なさそうに肩を落とすと、ジョシュはあたふたしながら「うわぁ、ごめん！　泣かないで‼」と言い、ログは慰めるのではなく「メンタル弱すぎか」とつぶやいた。

「ちょっとログ君！　もっと優しい言葉かけてあげてよ！」

慰める気配もないログに、ジョシュは頬をプクー、と膨らませて怒った。別にティーナはへこんでいるわけではないのだが、普段は温厚なジョシュが怒っているのを相手にして、あたふたしているログと、怒っていても全く怖くないジョシュが可愛くて、そのままにしておくことにした。

「それじゃ先に行ってるよー」

「あっ、ちょっと待ってよぉ！」

「走んな、転ぶぞ！」

先にショッピングモールから出ようと走っていくティーナに、ジョシュは待ってくれと走り出す。まるで三、四歳ぐらいの子供のような二人の後ろで、ログは幼稚園の先生のような事を言う。

「いっちばーん」

「はっや……」

一番にショッピングモールから走り抜けていったティーナの横には荒い息のジョシュが立っている。ジョシュより速いって、すごいな。そんなことを思いながら、ログも二人に追いつこうと足を速めた。

すると、突然遠くの視界に映る一人の人影がばたりと倒れた。

驚いたせいか、足を止めてしまった。しかしすぐに早く行かなきゃと気がつき、駆け足で二人の所へ駆け寄っていった。

「ログ君！　ティーナが……」

『ログ君』、自分の事をそういう風に呼ぶのはジョシュだけだ。ジョシュが無事で、「ティーナが」という言葉が出てくるという事は……

「ティーナ⁉」

ティーナは、真っ青な顔で地面に倒れていた。

チフェリの花言葉

『誕生日おめでとう』


ナギサは誕生日が来るたびに、そう言ってくれた。

誕生日の時は少しだけ食べるものが豪華になって、その一日ナギサは優しくしてくれる。

もう一度、あの声を聴きたい。

「ナギサ……」

その言葉を発した瞬間、恥ずかしさで顔が真っ赤になった。目を開けた瞬間、ログとジョシュの姿が視界に映り、ここは現実だと秒で理解したからだ。

そう、ティーナは二人の目の前で、甘えを前面に出した言い方で寝言を言っていたのだ。

「うわあああっ⁉　二人とも⁉　どうして見てるの⁉」

飛び上がるように起き、その勢いと恥ずかしさに任せて毛布をジョシュに向かって投げつけ、ジョシュは間抜けな声と共に毛布をかぶり、黄色のお化けのようになった。

「ふげっ！　なにするの！」

「なんで見てたわけ？　恥ずかしいんだけど」

ティーナは二人を睨みつけるように質問する。

「お前ずっと魘《うな》されてたんだぞ」

ジョシュの代わりにログが理由を説明した。

ログが言うには、ティーナはずっと魘《うな》されていて、おかしな寝言はあまり言っていなかったらしいが、あまり、ということは少しは言っていたということだ。

「やっぱ、二日前の疲れが取れてねえんじゃないか？」

二日前、というのはショッピングモールで猛獣たちに襲われたことだろう。あの後ショッピングモールを抜けた瞬間に体にドッと疲れが来て、ティーナは突然気絶するように寝てしまった。それから今起きるまでずっと目を覚まさなかったらしく、もしかしたら病気にかかっているのかも、と心配していたらしい。そういえば、ショッピングモールを出てからの記憶が一切ない。確か、ぐらりと視界が揺れて、突然目の前が真っ黒になったと思ったらゴンッと音が響いて……そうか、倒れるってあんな感じだったんだ。

「あーし、そんなに寝てたんだね。ごめん、心配かけちゃって」

「運ぶの大変だったんだぞ……ショッピングモールの近くにいたら、また襲われるかもしれないからってこんな森の奥まで来て……」

「ありがと」

そう言いながらあくびをし、腕を伸ばして起きる準備をし始めた。すると、ジョシュは苦笑いをしながら投げつけられた毛布をティーナに返した。

「ティーナ、『消しゴムの亡霊が消されちゃう』とか『カエルが一匹……カエルが二匹……』とか変なこと言ってるから声をかけたら、『なに？　ゆで卵？』って返されたんだよ」

「そういうことはね、知っていても言わないのが気づかいってもんなんだよ」

ティーナが小学校の先生が注意するように言うと、ジョシュは「はいはい」と笑った。少しムッとしたが、渡された毛布の畳み方があまりにも綺麗だったので素直に受け取った。

いつも通りの雰囲気が戻ってきて、眠気も取れてくると、今度は夢の内容が頭に浮かび上がってきた。その夢にはストーリー性もなくて、どうしてそうなったのかもわからない、一枚絵を見せられているような夢だった。ただ一つ覚えているのは、ナギサから「誕生日おめでとう」と言われたことだ。

（誕生日、か……そういえば……）

「そういえば、二人は誕生日いつなの？」

ティーナが聞くと、ログとジョシュは二人そろって首を傾げて、「誕生日？」と異口同音に聞き返した。振り返った時の顔がよく似ていて、なんだか兄弟みたいに見えた。

「誕生日か……そういえば、あったな、そんなの」

「ログ君、まさか自分の誕生日忘れてたなんてことはないよね？」

ティーナが二人になにかを質問し、それにログが答え、ジョシュがそれに対してなにか反応をする。これもいつも通りの日常の一コマだ。

「確か俺は……十二月の六日だったはず」

「へぇ、冬生まれなんだね。僕は三月三十日。ティーナはいつ？」

「あーし？　えっと、確か……今日だよ」

「えっ⁉」

いつもと変わらないテンションで言われたため、ジョシュはともかくログまでも素で声をあげた。ティーナは「説明しろ」と目線で圧をかけてくる二人の事など気にも留めず、ペラペラと喋る。

「だから、七月七日かな？　これ、覚えやすいからいいんだ――」

「ちょっと待ちなさい」

ジョシュはティーナの言葉を遮り、まるでお母さんのような口調で言った。普段聞かないジョシュの口調に戸惑い、ティーナは目を丸くしながらジョシュのほうを見た。

「どうかしたの？」

「そういう事はもうちょっと早く言ってよ！　誕生日プレゼントもなにも用意できないでしょ！」

「お、おぉ……」

ティーナはジョシュに圧倒されたのか、冷汗をかきながらこくこくと首を振って一生懸命頷いている。

「つまり、今日で十三歳か？」

「ううん、十四歳」

ログは「へえ」とだけ言った。

こんな状況で誕生日プレゼントを用意することはできない。わかっていたことだが、それでもティーナはログの反応に少し寂しいと思ってしまう。

「それじゃ、出発しようか」

ティーナの言葉を聞いた二人は、目を見合わせた。しばらくして、苦笑いしながらジョシュが口を開いた。

「ティーナ、もう四時なんだよ。暗くなったら進めなくなるから、あと三時間ぐらいしか時間がないよ」

「へえ……えっ？」

ティーナは反射的に空を見上げた。まだ昼間のように明るい。太陽も、まだ七月上旬だというのに真夏のような勢いでギラギラと輝いている。夏特有の蒸し暑さがまだあるじゃないか。

しかし、そこでティーナは思い出した。「今は夏」だと。

「そっか……そういえば、夏って日が長いんだよね。あと三時間か……それなら、ゆっくり休んだほうがいいね」

ティーナは、貴重な二日……今日も入れて、三日という時間を無駄にしてしまったことを、ひたすら悔やんだ。だが、切り替えなければと思い、川で顔でも洗ってこようかなと思ったティーナは、一人で川を探しに行った。

帰ってくると、ログはいなくなっていて、ジョシュは一人だけ突っ立っていた。

「あれ、ログは？」

「ログ君なら『暇だから散歩でもしてくる』ってどっか行っちゃったよ」

「そうなんだ」

ログが散歩をするような人間だったことに、ティーナは少し驚いた。ティーナからしたら散歩はあまり楽しいものとは思えない。人と話している方が好きだ。いつも荒っぽいログなら尚更だ。そう思っていたから意外だった。

いや、でも最近は口が悪いだけでそこまで行動は荒れていないな。

「ねえねえジョシュ。ログのこと、どう思う？」

「え？」

ジョシュはぎょっとしていた。

「いや、あの、降って湧いた疑問なんだけどね。あーしがログと初めて会ったときは、ジョシュよりも残念な奴でね。でも最近はあんまり……むしろ、頼りになるなって思って」

「僕よりもって、相当だね。拗《こじ》らせてるよ」

ジョシュが知っているログは頼りになるお兄さんだった。そんな彼が……？

だが、その時ジョシュは、旅の道中に聞いたログの「昔の仲間」の話を思い出した。

仲間が死んで、ティーナと会うまでずっと一人だったと、淡々と言っていた彼の姿が鮮明に浮かぶ。

「……ティーナ、これはあくまでも僕のひとりごとだよ」

ジョシュはそう言って、自分の仮説を話し出した。

「僕から見てログ君は、口こそ悪いけれど、とても優しい人だと思う。そういう人が僕よりも最低だって言うのなら、きっと凄く寂しかったんだと思うよ。『一人ぼっち』って、とても辛いから。友達を失って、誰にも支えてもらえずにずっと一人。そんなの、とても辛いと思う」

誰かを失って、誰にも支えてもらえずにずっと一人。ジョシュが言った言葉を聞いて、ティーナはナギサを失ってからの自分を思い出した。あの孤独はもう二度と経験したくない。

ティーナは数か月で、いっそのこと死んでしまおうかと考えた。だけどログは、それが何年も続いた。もしも自分が同じ立場だったら……考えただけで、自分の顔から血の気が引いていくのがわかった。

「だから、ティーナがログ君と会ってくれてよかったと思うよ」

ジョシュは声を明るくした。俯《うつむ》いていたティーナは、顔をあげる。自分の存在が彼を救っている。仮説だとしても、そう言ってもらえたことが嬉しかった。

「……ジョシュもいいこと言えるんだね」

「たまにはね」


そのころログは、木漏れ日がさす森の中で散歩をしていた。地面には自分の身長よりも高い草丈の雑草が何本も生えていて、木々には苔がついていた。木の大きさもバラバラで、まだ自分よりも小さいものもあれば、まるで怪獣みたいな大きさの太い木もあった。木々に光が当たって、針葉樹が輝いて見える。こういう場所にいると不思議と落ち着く。でも、ぼーっとしていたら、いつのまにか迷っていました、なんて馬鹿な真似をしないようにさっきからずっと木をナイフで切って目印をつけている。

「綺麗だな……」

とても幻想的な景色だったので、いつのまにか口に出ていた。それに気がつくとなんで独り言なんて言っているんだ、と恥ずかしくなってきて、乾いた笑いがこぼれた。この森の中に、食料になるものとか落ちていないかなぁときょろきょろ探してみたが、あるわけもない。

太陽の位置が段々と下がってきたころ、視界の先に木が少なくなっていて、光が見える入口のようなものを見つけた。あそこがきっとこの森の出口で、だからあそこは木が少なくなっていて、そのおかげで日光が入ってきているんだろう。

（なにがあるんだ？）

興味が湧き、出口のほうまで歩いていった。近づくにつれ段々とオレンジの様な香りがしてきて、足元には赤い花びらが幾つか落ちていた。

「もしかして……」

そう思い、足を速めた。

花びらとオレンジの様な香り、これって、まさか……

出口から出ようとすると、日光が眩しく感じて目を瞑《つむ》り出ていった。段々と目が明るさに慣れてきてゆっくりと目を開けた。

「――すげえ」

ログが散歩に行くと出かけてから早、二時間。まだ辺りは明るかったが、ここまで帰るのが遅いと心配になってくる。もうそろそろ、探しに行ってみようかとジョシュと話し合っていた時、ようやくログは帰ってきた。

「どこ行ってたの？」

ティーナが聞くと、ログは「普通に散歩してた」と言った。時計がないから正確な時間はわからないが、それでも約二時間も散歩に行ってくるなんておかしい。彼はなにかを隠しているはずだ。

「それより、お前って花とか好きか？」

この人はいきなり何を言い出すのだ。ティーナもジョシュも呆れながら目を見合わせる。

「ちょっとついてきてくれないか？」

「えっ、ちょっと！」

「いいもん見せてやるから」

ログはティーナの手を掴み、連れて行こうとした。ティーナにはログに抵抗できるような力もなく、おとなしくついて行くしかなかった。

「ジョシュも来いよ」

「僕も？　いや僕は――」

「来い」「はい」

どうやら誰も今はログに逆らえないようで、言葉を遮られ無理やり「はい」と言わされてしまった。いったい、彼はなにを考えているんだろう。

（……手、繋いでる）

客観的に見ればこの状況、ティーナとログが手を繋いでいるということになる。別に自分たちは恋仲でもなんでもないんだし、照れなんてない。ただ、この人は異性にこういうことを簡単にできてしまうんだな、と単純に感想が出てきただけだった。

ログの手は思っていたよりがっちりしていて、ティーナよりも手を掴む力が少し強かった。でも痛くはないから、きっと力加減をしてくれているんだろう。まぁ、悪い気はしない。

こちん……と、心の一部が乾いた。なに変なことを考えているんだ、気持ち悪い。

自分たちは仲間、それだけでいい。それ以上の関係なんて求めてはいけない。今はリベドルトを目指すことで手一杯、余計なことは考えるな。

ジョシュはティーナのその感情を察知し、なんとなく気まずくなった。「自分、この場に邪魔ですよね」という考えが浮かんできて、お腹が痛くなったとかなんとか言って二人だけにしてあげようかなと思った。自然と目線が下に行き、ぼーっとしながら歩いていると視界の端っこにカサカサ……と動く茶色い生き物を発見した。

「あ、ゴキブリ」

「えッやだ、無理無理無理無理‼」「嘘だろ、いんのかよ⁉」

ログとティーナはすぐにその場から離れていった。ジョシュはそこまで虫が苦手じゃなかったので、ゴキブリごときにそこまで怯《ひる》むのか。と思った。

「二人とも、もう大丈夫だよ。どっかに行っちゃったから」

「ほんと？　ほんとだよね⁉」

ティーナは何度も確かめるように聞く。ここで嘘つくほど性格悪くないんだけど。

「大丈夫。だから早く戻ってきてくれないかな？」

「う、うん……」

二人は今度は手を繋がずに戻ってきた。

「そこまで怖いの？　アレ」

「怖いに決まってるでしょ……気持ち悪いよ……」

「うーん、ゴキブリはすぐ潰せるから、僕はそこまで怖くないかも」

「そういう問題じゃないよ……」

そういう問題じゃない。それはわかっているんだけれど、自然に生息しているゴキブリなんてクワガタやセミとかとほぼ同じようなものなのに、そこまで怖がることが少し不思議だった。村にいた時も、普通にうろついていたし。でも、人それぞれ価値観や怖いものはあるし、なにより日ごろからビビりな自分がそんな大口叩けるわけでもないので、なにも言わず黙っておいた。

「先進むか……」

そう言いながらログは二人を案内できるように少し前に立ち、また進み始めた。今度は手を繋いでくれないことが少し寂しくて、ティーナはログが触れた方の手をじっと見つめた。なんだか、オレンジのような香りがする。そんな気がした。

「着いたぞ」

いきなりログの声が聞こえて、びっくりしながら顔を上げた。

それは最初、桃源郷とか、ユートピアとか、竜宮城とか……所謂「楽園」に見えた。

オレンジみたいな少しツンとするいい香り。

ピンク、青、白、赤。まるで虹みたいなグラデーション。

舞い散る花弁。

「綺麗……」

オレンジみたいだと思っていた匂いは花たちの匂いだ。気がつくと明るい夕暮れがよく見える開けた花畑が視界に映っていた。その花畑が一瞬虹に見えたのは、風に舞っている花がカラフルだったからそういうふうに見えたんだろう。虹でも花でも、幻想的な事には変わりがなかった。森がずっと暗かったせいか、ここだけが輝いて見えた。

「すごい……すごいすごい！　こんな場所あったんだね！」

ティーナははしゃぎながら花畑へ入っていき、ジョシュはそれを「待ってよー！」と追いかけていった。

「ガキかよ……」

こんなことではしゃいでしまうティーナとジョシュを見て、呆れながらも微笑ましいという気持ちの方が勝っていた。自分は花畑に入らず、二人を見守っていた。客観的に見たら自分は保護者だろう。

遠くではジョシュが花畑で転んで、その衝撃で花びらが舞って二人の頭に乗っかった。

「あっ、ジョシュ転んだ！　大丈夫？」

「いでで……うん、なんとか……」

「ジョシュの頭、花だらけじゃん。頭の中お花畑ってやつ？」

「ひどい！」

「あはは」

いつも通り仲良さそうにしている二人を見ると、心が穏やかになる。やっぱり、花というのはすごいな。見ていると落ち着く。

「ログ君ー！　ちょっと来てー！」

ジョシュに呼ばれたので、「はいはい」と返し、難しい顔をしている二人のほうへ向かった。

「どうした？」

「二人で花冠を作ろうって言って作ってたんだけど、ティーナは作り方を知らなくて、僕はうろ覚えでやってみたはいいものの結局だめで……ログ君は知ってる？」

二人の傍《そば》には、「花冠になりたかったものたち」が置かれていた。

ログ君は知ってる？なんて、教えてくださいと言っているようなものだ。この二人になにかを教えるのは、きっと難しいんだろうな。ログはため息を飲み込み、自分に課せられてしまった仕事をおとなしくやる事にした。

「わかったわかった。教えればいいんだろ？」

ログは花畑の中に座り込み、ティーナ達に一から作り方を教えた。誰でもわかるような簡単な言葉で説明したので、十分もかからないうちに、初心者だった二人は自分たちだけで花冠を作れるようになっていた。ジョシュよりも早く完成したティーナは「他の花で作ってみる」と、少し離れた場所に咲いている花を摘みに行っていた。

「ログ君の教え方って、なんだか教師みたいだよね」

ジョシュは何年ぶりかに作った花冠を頭につけながらログに言った。

「俺よりも、せんせの方が教え方うまかったよ」

「え、ログ君って学校行ってたの？」

ジョシュが反射的に放った一言に、ログは固まってしまった。

ログが返事する前に、

「ログー！　ジョシュでもいいけど、ちょっと来てー！」

黄色い花が多いところに座り込んでいたティーナに呼ばれた。話を中断して、ログとジョシュは立ち上がった。

「今度はどうしたんだよ」

「ごめん、輪っかにするのが難しくて……やってくれない？」

「わかったよ」

ログは完成前の花冠をティーナから受け取り、慣れた手つきですぐに完成させた。

「やったぁ！　ありがとうログ！」

ティーナは完成した花冠を見せながらお礼を言った。なぜかその笑顔を直視できずに、目をそらしながら「別に」と言ってしまった。ティーナはそれが照れ隠しだと見抜いているので、笑いながら作った花冠を腕に着けようとした。しかし、冠の大きさが小さくて腕に入らない。指に着けるには大きすぎるし、頭に着けるには小さすぎる。あまりにも微妙すぎる大きさだ。

「新しいの作ろうかな……」

ティーナは近くにあった黄色い花を選ぼうとした。

「待った」

「ん？」

「多分この色のほうが似合うと思う」

ログはティーナの手を止めさせ、近くにあったピンク色の小さい花を取った。その花を見て、ティーナは目を丸くした。

「これ……」

「どうかしたか？」

ログはどうやら、その花の意味をなにもわかっていないようだ。ここでこの花の意味を言えるほどティーナの心臓に毛は生えていない。

「ログ君、その花……――ごめん、僕お腹痛くなっちゃったから帰るね！」

「はぁ？　なんで……」

「またね！」

ジョシュはログの言葉をさえぎり、そのまま帰ってしまった。

「まったく……よし、できた」

ログはそう言って、できた花冠をティーナの頭の上に乗せた。

「誕生日おめでとう」

「え……これ、誕生日プレゼント？」

「あぁ。悪い、こんなものしか用意できなくて」

いや、そんなことはどうでもいいんだ。この花を誕生日プレゼントとして贈る馬鹿がこの世のどこにいるんだよ。

「ねぇ、ログってチフェリの意味、知らないの？」

「チフェリ？　なんだそれ？」

ログは首を傾げながら、まるでジョシュみたいな顔をして聞く。ジョシュみたいな顔、つまりはなにも知らないド天然の顔だ。

ティーナは頭に乗った花冠を触りながら、少し寂しそうに笑った。

（まぁ、知ってるわけないか……）

「この花はチフェリっていう名前なの。いやぁ、まさかこの花を友達から誕生日プレゼントとして贈られるなんてね」

「えっ……？　なにかおかしいことでもしちまったか？」

不安げに聞くログが更におかしく見えてきて、自然と笑いがこぼれてしまった。どうせ、チフェリの意味を知らないのなら……

「ねぇ、指輪も作ってくれない？」

「指輪？　さっきと同じ花でいいか？」

「うん。お願い」

ティーナがお願いをすると、ログは近くにあったチフェリを摘み取って指輪を作り始めた。どうやら指輪を作るのは初めてみたいで、少し苦戦しているらしい。

「できた」

ログはそう言い、できた指輪をティーナに渡した。ティーナは嬉しそうな表情を浮かべながら、薬指にその指輪を着けた。

「……えへへ」

「なにニヤニヤしてるんだよ」

「別に」

ティーナは自分の手に着けられた指輪を見ながら嬉しそうにニコニコしていた。なんでそんな表情を浮かべるのか謎だったが、気に入ってもらえたのならよかった。

「ログ！」

ティーナは嬉しそうにログの名前を呼びながら振り返った。その振り返った顔がとても綺麗で一瞬見惚れてしまった。

「ありがとう！」

「……あぁ」

笑ったティーナの顔があまりにも眩しかった。ただ単純に「嬉しい」という気持ちもあったが、それ以上にどこか変なむずがゆい感情があったからだ。顔が少し熱くなって、心臓の音がうるさい。つまり、今自分は照れている。それが顔に出てしまっている。そんな顔見せたくない。

「えー？　なぁに、もしかして照れちゃってる？」

「つるせぇ。お前ってほんと性格悪ぃな」

「へへへ」

珍しく顔が赤くなっているログをからかうのは実に愉快だった。

（……チフェリの意味、本当に知らなかったんだ）

『三百年前にはチフェリっていう花があってね、ピンク色で綺麗な花なんだ』

ナギサにそう教えてもらったのは、まだ八歳。恋愛だのどーだのがわからない時だった。

『チフェリの花言葉は〝あなただけを見つめる〟とか、〝永遠の愛〟とかがあってね、プロポーズの時チフェリを渡すのは月が綺麗ですね、よりもベッタベタな告白なんだよ。まぁ、私は貰ったことなんて一度もないけどね……』

この感情の正体を、まだ知らなくてもいい。花冠を貰って「嬉しい」。今はまだそれだけでいいんだ。

「ただいまぁ」

帰ってきた時にはあたりはすっかり暗くなっていて、ジョシュは暇だったのか、「おかえりぃ」と眠そうに言った。こんな時間に寝るんじゃない、とティーナはジョシュを布団から引きはがし、ジョシュはやめてよぉとさらに眠そうになる。しかし、ティーナがつけている花冠を見て、一瞬で小悪魔のようなニヤニヤとした表情に変わり、「へぇ？」といやらしく言った。

「ログくぅん。ちょっとこっち来てもらおうか？」

「えぇ……やだよ。いったいなんで……」

面倒くさそうに答えを返したが、ジョシュはログを、ティーナには声が聞こえない所まで引っ張っていった。

「……あの二人いったい、なにを話すつもりなんだろう？」

話の内容を簡単にまとめると、ジョシュになんでチフェリを選んだのか聞かれ、「さっきからなんなんだよ、そのチフェリって？」と聞いたところ、ゲロまみれの小石を見るような目で「あれは告白の時に渡す花だよ？」と言われた。そして、

「……あとで、ティーナに謝ったほうがいいよ」

と、言いたいことは山ほどあったけど、全部飲み込んだみたいに言われた。その時のログの心境は、語るに及ばないだろう。

翌日

土下座する勢いで謝るログと、ログが謝るなんて気味悪いと怯えるティーナを、ジョシュは温かい目で見ていた。

第三章　響光石の洞窟

不可能を可能にする瞳

「それにしても、リベドルトっていったいなんのためにいるんだろうね」

あれから一週間。岩山だらけの山岳地帯を歩いていると、ジョシュがそう言った。

「そういえば、気にしたこともなかったなぁ。やっぱり世界征服とか？」

「そんな典型的なパターンあるか？」

そういえば、考えてみればリベドルトの目的ははっきりとはわかっていない。

ロケットを撃ちこんできて、ジョシュの村の人たちは奴隷にされそうになった。つまり奴隷が必要な状況。

「ううん、難しいなぁ。やばい科学組織ってことはわかるんだけどなぁ」

「ロケットを飛ばしてきた人でしょ？　つまりあいつらにとってティーナはなにか因縁みたいなものがあるんじゃない？」

ジョシュがそう言うと、ティーナは顔を青くして「そんなぁ」と滅入った声で言った。狂った科学組織に狙われてるなんて嫌すぎる。

落ち込んでいるティーナをジョシュが慰めている時、視界の端に何人かの人影が映った。

ティーナは岩山の頂上を見上げながら、ログとジョシュに言った。二人はどうしたんだろうと思いティーナの方を見た。

「……ごめん、これ完全に勘なんだけどさ……見られてる気がする」

ティーナが見ている方をじっと目を凝らして見ると、黒い人影らしきものがぼんやりと見えた。

「あれ、もしかして人かな?」

そう聞くティーナの目には希望が満ち溢れていた。きっと、自分たちを見ている人間に敵意がないと思っていて、もしかしたら仲間になれるかも、なんて能天気なことを考えているんだろう。

「ティーナ、多分あれは――」

バンッ!!

ジョシュがそう言いかけた時、どこかで聞いたことがある音が鋭く鳴り響いた。辺りに赤いなにかが舞った。

「……ジョシュ!!」

数秒経つと、なにが起こったのか理解できた。

鳴り響いた音は発砲音。あたりに舞った赤いものは血。

ジョシュは撃たれて、肩から血を流し倒れていた。

幸いにも急所は外されていて、ジョシュは肩を押さえながら泣き叫びそうなのをグッとこらえ、苦しそうに声を漏らしていた。ティーナは真っ先にジョシュに駆け寄り、泣きそうな声でジョシュの名前を呼んだ。

「ジョシュ！　大丈夫⁉」

「……ごめん、ちょっとこれはまずいかも……」

ジョシュはいつものように「痛い」と泣き叫ぶのではなく、無理して笑顔を作って安心させようとしていた。本気で痛いんだ。

「ジョシュ!!　クッソ、あいつ!!」

ログは弾が飛んできた、岩山の上に見えた人影のほうを見た。さっきと同じく、はっきりと顔は見えない。でも、目が慣れたからか少し撃ってきた敵の姿が見えた。手には銃を構えていて、こちらを狙ってきたことは確実だ。

まさか、リベドルトか？

「銃弾の当たらないところへ!!　ここにいたらまた撃たれる！」

ティーナはログにそう叫び、ジョシュはティーナの肩を借りて、遮蔽物になる近くにあった岩の裏に隠れた。ジョシュは肩を押さえて必死に血を止めようとしている。その様子に、ログはどんどんと焦り始める。

隣にいたのに、敵が見えていたのに助けられなかった。

また、『あの時』と同じ――

「ログ！」

ティーナはログの肩を掴み、鼓舞するように言う。

「しっかりして、大丈夫！　ジョシュは死なない！　なんとかするから！」

ログの肩を掴むティーナの手は震えている。それがばれないように、必死に取り繕って大丈夫だと声を出して、言い聞かせるように言っている。

そうだ、不安なのは彼女も同じなんだ。ここで自分が冷静にならないでどうするんだよ。

「……ああ。悪い」

ログがそう返すと、ティーナはジョシュを押し付け、「じゃあ隠れてて」と言い、銃に弾を込め、敵がいるであろう岩山のほうを遮蔽物に隠れながら見る。すると、人影はまた撃ってきた。ティーナは急いで隠れ、すぐ横に銃弾が当たったことで、あともう少しずれていたら、と背筋が凍った。

(落ち着いて。今あいつらを倒せるのは銃を使えるあーしだけ。早くあいつらを倒さないと、ジョシュが失血で……)

今度は立って、敵に丸見えの状態で銃を構えた。また敵はティーナのことに気がつき、引き金を引こうとしたが、一瞬バランスを崩した。その瞬間、ティーナは容赦なく人影に向かって発砲し、それと同時に人影が岩山から倒れていくのが見えた。

「ログはここで待ってて!」

そう言い、銃を持っていき敵が落ちたであろう岩山の裏側へ敵の姿を確認しにいった。もしもここに姿がなくて、ログたちのほうへ向かっていたら、そう考えると怖くなる。向かっていく足はどんどんとスピードが落ちていった。

そして、視界の端に人の足が少しだけ映り、思わず叫び声をあげそうになった。しかし、敵の姿を確認しないと安心はできない。そう自分に言い聞かせ、覚悟を決めて倒れていた体の全身を見た。

「……死んでる」

そこに倒れていたのは中年の男で、頭から血を流し目を開けたまま、銃を握りしめ死んでいた。自分が、殺した。

この人はいったいどんな人だったのだろう。誰を大切に想っていたんだろう。誰から大切に想われていたんだろう。

そういうたくさんの思いが、頭の中を駆け巡る。

旅に出た時に、もしかしたらこの先、人を殺《あや》めることがあるかもしれないと思っていた。覚悟していたつもりだった。だけど、どうやら覚悟が足りなかったらしい。

目の前の物言わぬ骸《むくろ》は、自分が殺さなければもっと長生きできていた。

この人を想っていた人は、深い悲しみに溺れることになる。ナギサを失った自分の様に。

(人が死ぬって、こういうことだったんだ……)

罪悪感で胸が痛くなっていた時、死んだ男が着ている衣服に目が行った。男が着ていた服は、膝まである黒いコートの背に、白いマークで家紋のような不気味なマークが描かれていた。なんだろう、とその場に止まっていたが、ジョシュが怪我を負っていることを思い出し、おそらくリベドルトだと思われる男から銃を取り上げ、踵を返して二人のほうへ走って帰っていった。岩裏に走っていくと、目を閉じて必死に息をしているジョシュと、それを心配そうに見ているログの姿があった。ジョシュは生きてはいるが、もうすでに意識はなく、段々と息もゆっくりと消え入るようになっていって、このままだと本当に死んでしまいそうだった。

「ティーナ……」

ログは帰ってきたティーナの姿を見ると、不安と焦りが混ざった少し上ずった声で言った。普段見せない不安そうな様子に、本当にまずい状況なんだ、と完全に理解してしまった。

「血が、止まらない……」

肩から流れる血が止まる気配はなく、ドバドバと流れている。それと同時にどんどんとジョシュの顔が青白くなっていくようで、息が荒くなる。

「その人、そのままじゃ失血で死ぬわね」

背後から、まるで天然水みたいに透き通った女の人の声がして、二人は声のする方へ振り返った。

「――――えっ？」

思わず声が出た。その人が、あまりにも綺麗だったから。

癖一つない綺麗なストレートで、快晴の時の青空のような色の、腰まである髪を純白のリボンで結んでハーフアップにしている。目はエメラルドがそのまま瞳になったみたいに綺麗なグリーンの色をしていて、白いワンピースの腰には青い帯のような物をリボンみたいに結んでいた。ひらひらとしていて、天使の羽のようだった。芸能人や、アイドルみたいなそういうキラキラじゃなくて、波一つ立っていない湖に反射する雲みたいな、絶景を見ている気分だった。

「なにボーっとしてんの。その人、寄越して」

「……誰？　寄越してって、まさかリベドルトの仲間なの？」

もしかすると、この人もリベドルトの仲間なのかもしれない。一度そう疑ってしまうとその疑惑は全く晴れなくて、睨みつけるように言った。確かに顔こそ善人らしいが、このタイミングでいきなりこんなご都合良く出てくるだろうか？　そんなのありえない。この人にジョシュは渡せない。

「……はぁ、私は敵じゃない。早くその人、治療させて。それとも、そのままその人が死ぬのをただ見ているだけのつもりなの？　私は医者よ。医者」

医者。たった一つのその言葉で、身分証明書を突きつけられたみたいに安心感を覚えてしまった。それでも、顔だけで生きていけそうなほど綺麗なその人は、綺麗すぎて逆に怪しかった。そしてなにより、仲間が死にそうな状況に気が動転していた。

「ティーナ、賭けるしかない」

「でも……！」

「このままじゃ……」

ログの不安そうな様子を見て、もう、この人を頼るしか道はないと理解した。

「……お願い、ジョシュのこと、必ず助けて」

俯《うつむ》いたまま言うティーナの肩を、水色髪の女の人はポンと安心させるように軽く叩く。目を丸くして見返すと女の人はにやりと笑った。

「安心しなさい！　この私に任せていれば、すぐに助かるわ！」

どこまでも自信に満ち溢れた表情で言うその人には驕《おご》りも謙遜もなく、もしかしたら本当にジョシュを助けてくれるかもしれないと思ってしまう。

この目は『不可能を可能だと思わせる目』だ。

「よっ、と……」

水色髪の女の人は腰を落とし、ジョシュの状態を見た。

「ただ肩を撃たれたってレベルじゃないわね。リベドルト、本当に悪趣味。苦しんで死ぬようになっている」

「リベドルト？　なんでそれを――」

「後で話す。あんた達二人はそこで休んでて」

水色髪の女の人はログの言葉をキッパリと遮り、傷口に手をかざした。いったいそんなことをしてなんの意味があるのだろうと思っていると、そのかざした手から黄緑色の柔らかい光がじわじわと広がっていって、それと同時にジョシュの傷は塞がれて、血も止まってしまった。

おそらく、あの人の手から出た黄緑の光が、傷を癒したんだ。

「これで一応、傷は塞がった。でもまだ完治とは言えないから、家に帰って治療するわ」

超常現象が起こった世界に、普通の声を響かせた。まだ光が残るティーナたちの世界に土足で踏み込んでくる。

「えっ……えっ⁉　どうやったの⁉　なんでリベドルトの事知ってるの⁉」

ティーナが目が飛び出そうなほど驚き聞くと、水色髪の女の人は面倒くさそうに「だから後で話すって！」とのらりくらり躱《かわ》した。その様子を見て、ログが女の子になったみたいな人だと思った。

「さあ、進もう。そこの黒い髪の人、悪いけどこのオレンジの人、運んでくれない？」

黒い髪の人、というのはログのことだろう。ログもそれがわかったのか、ジョシュをまるで物のように担いで進んだ。

水色髪の人は、数ある岩山のうち一番大きい岩山に向かって歩いていった。その後ろ姿からは武器を隠し持っているような様子もなく、ティーナでさえも押し倒せてしまえそうなほど華奢な体をしていた。

「えっと、今なら聞いてもいいよね？　いったい誰？　なんでジョシュを治せたの？」

「私の名前はセレン。この岩山の中に家があって、生まれつき人を治す、所謂、治療をする超能力みたいなものを持っている医者なの」

セレン、確か月だったか星だったか、神様の名前だ。ナギサが言っていた。見た目だけでなく名前まで綺麗だなんて、感心、というより呆れに近いかもしれないが「へぇ」と声が出た。

「なんでもありすぎじゃね？」

「角が生えている人間と、おかしな科学組織が存在している荒廃した世界に生まれたんだから、この程度のこと、受け入れなさいよ。私だって、こんな力欲しくて持ってるわけじゃないんだもの」

ログが呆れながら聞くと、セレンはごもっともな事を言った。確かに、もうこの世界はなんでもあり。魔法、とか、タイムトラベルとか、そういうことはだいたい科学で解明できます、で済みそうだ。

それにしても、唐突すぎるな、「超能力」って。きっと、非科学的な要因でそういう力が使えるのだろうけど。そもそも、自分自身という、まるで異世界にでもいそうな、異形の見た目をした人間が存在しているから、もしかしたらそういうのもあるかもしれないなぁ、とは思っていたけれど。ぴょんと超能力を持った人間が生まれたなんて、神様のいたずらというのはすごいな、とあっさり受け入れられてしまったのは、自分の仲間を助けてくれたってことと、いきなりの銃撃に加えてこの世のものとは思えないほど綺麗な人を、数分という短い時間で一気に見てしまった自分の脳のキャパオーバーのせいなのだろう。

「すごいね、人を治せるなんて」

「ふふん、あったりまえでしょ！」

ティーナが感心して言うと、セレンはくるっと振り返り、それと同時にワルツを舞うようにワンピースがひらひらと舞った。

「私は世界で一番可愛いの！　綺麗なの！　これぐらいできて当ぜ――」

くるくるりと自信気に踊るように回っている最中、スカートの裾を靴でふみ、体が後ろへとゆっくり倒れていき、バランスを取るためにブンブンと手を振り回した。だがそれも虚しく、セレンはしりもちをつき小さな悲鳴をあげた。

「きゃあっ⁉　い、いったぁ……」

さっきまでのお姉さんぶっていた声はどこへ行ったのやら、おそらく素だと思われる可愛らしい声で痛いと言う。それを「え……？」と困惑しながら見ていたティーナたちの視線に気がつき、ワンピースについた汚れを払いながら顔を真っ赤にして言い訳をした。

「い、いや！　これは偶然！　そんな目で見るなぁ！」

「……」

可愛いな、この人。

ティーナとログは、そろって思った。

自分は可愛い、綺麗。そう豪語していた人がくるくる回りすぎたせいで転んで変な悲鳴をあげる。

うん、ブーメランを投げてやりたいぐらい面白い。

「……行くわよ。あと少しで着くから」

恥ずかしすぎて言葉が出ないのか、セレンは顔を赤らめながら何事もなかったかのように進み始めた。これがもし命の恩人じゃなければ、散々からかって笑っていたのに。

「着いた」

数分後、蔦で緑色のカーテンができた小さな岩山の前で立ち止まり、そう言った。家どころか、扉すらないじゃないかと思ったが、セレンは目の前にかかっていた蔦のカーテンをめくった。そこにはこげ茶色の、少し苔がついているドアが出てきた。

「どうぞ」

そう言いながらセレンはドアを開けた。その中には床も壁も天井も木でできた、一人暮らしにしては広い部屋が広がっていた。部屋の奥には一個のベッドが置かれていて、勉強机ぐらいの大きさの丸い机とセットで、白く丸い椅子が置かれている。その机の上に、ランタンとボールペンのような形をしたペンが入っている黒いインクが入った置物が一つ。それと、使い古された赤い革の表紙の本があった。医療器具や救急箱が置かれた棚が端に寄せ集めたみたいに雑に置かれていた。ベッドの横にはもう一つドアがあって、いったい何部屋あるんだろう?と思った。

それにしても、この部屋はいったいなんなのだろう。まるで病室みたいな部屋だ。棚にはほとんど医療器具しか置かれていなくて、唯一写真立てが一個置かれているぐらいだ。もしかしてこの人は本当に医者なのだろうか。こんな状況の世界で、医者なんて営めるわけもないのに。

「その人……ジョシュだったっけ？　そのベッドに寝かせておいて。そしたら、ベッドの横にドアがあるでしょ？　その向こう、リビングだから、そこでくつろいでて。お腹減ったら、床下にある倉庫からパンかなにか適当に取って食べてていいから」

正直、最後の指示は覚えていないが、「ジョシュをそこに寝かせてほかの部屋に行っていろ」ということは覚えていたから、ログは背負っていたジョシュをベッドへおろした。しかし、隣の部屋に行こうとせず、棚に置かれていた一つの写真立てを見つめていた。写真立てには肝心の写真が入っていなかった。埃が一つもついていないから、入れる写真がないからそのままそこに置き去りにしている、という感じではなかった。それは、医療器具だらけの病室みたいなこの部屋の中で唯一医療とは全く関係のないもので、違和感しかない写真立てだなと思った。パズルのピースが一つだけないみたいだ。

「なぁ、これなんだ？」

「別になんだっていいでしょ。早く行って」

セレンは質問に答えず、早く行けと冷たく答えた。まだログにはセレンの普段のテンションがこれなのか、それとも聞かれたくないことだから冷たく言ったのかわからなかった。でも、どちらにしても出て行かないといけないので、なにも言わずティーナとログは隣の部屋へ行った。


(……ふかふかしてる。あったかい……なんだこれ……)

意識がうっすらと戻って、全身にふかふかした布の感触と生温かさを感じた。そしてゆっくりと寝起き特有のふわふわとした、まだ夢を見ているような感覚がなくなってきて、まだ眠っていたいと言う瞼を開いた。

「……天井?」

天井、何年振りだろう。自分の村から出てきた時から、もうまともなベッドで寝られることなんてないと思っていたのに。

「ベッドって、こんなにありがたいものだったんだ……」

何年振りかのベッドの上、このまま二度寝をしてしまおうとあったかい布団の下に顔を沈め、目を閉じた。しかしそれから数秒もすると、気絶する前自分が撃たれたこと、さっきまで自分は岩山を歩いていたこと、そもそも「ここどこだよ?.」ということが頭に浮かんできた。

「!」

飛び起きるとその勢いで布団がベッドの上から落ちて、焦げ茶色の床に柔らかくファ、と落ちた。

あたりには見覚えのない焦げ茶色の部屋が広がっている。

(え、え、えぇ……なにこの場所? 知らない……怖いぃ……僕、確か肩を撃たれて、痛すぎて……気絶したんだっけ? ってことは、まさか僕リベドルトに連れ去られた⁉ やっ、やばいやばいやばい! どうしよう! ログくぅん……ティーナぁ……どこなのぉ……)

ベッドから出ようと上半身を起こした時、撃たれた方の肩に痛みが走った。

「いっ……たい……」

恐る恐る、着せられていた服のボタンを取り、肩を見た。そこには包帯が丁寧に傷口に巻かれていて、部屋の周りに治療器具もあったため、治療されたのだとわかった。

(治療……ってことは、リベドルトじゃない?)

肩の痛みで動くこともできず、しかし自分を治療したのが誰かもわからない。どうしようか、と悩んでいた時、ベッドのすぐ横にあるドアから大きな笑い声が聞こえてきた。

「あっははは！　あんた達本当に面白いのね！」

「ね？　ね？　ほんっと馬鹿だよね！」

「なんで俺らだけ馬鹿ってことになってんだよ！　お前のほうがよっぽど馬鹿だわ！」

「なにをーっ⁉」

聞き覚えのない天然水みたいに透き通った女の人の声、大笑いするティーナ、いつものようにツッコミを入れているログの声が聞こえてきた。

「えっ、ちょ……‼　ティーナ⁉　ログ君⁉　どうしたの⁉」

ジョシュの声は笑い声にかき消され、声の主には届いていないらしい。自分で動いてドアの向こうへ行くしかないようだ。気合と根性で痛む肩を押さえて鉛《なまり》のように重くなった体を動かしすぐそこのドアへ歩いて行った。

「いっだだだだ……」

激痛、ではないがなるべく動くのは控えたい微妙な痛みだ。なんとか歩くことはできる。

ドアノブに手をかけて、体の重さでドアを押した。

そこには、真ん中に大きめの黄土色の机が置かれているリビングがあった。さっきの部屋とは打って変わってとても明るい部屋で、端っこにはソファと観葉植物が置かれていた。ドアから見て左側にカウンターのような机と、食器などが入った棚があって、キッチンのようになっていた。

真ん中の黄土色の机をティーナとログが囲んでいて、その隣に青空のような髪色で、エメラルドみたいな目をした、白いワンピースを着ている「超絶」がつくほどの美少女が隣に座ってティーナと顔を見合わせ笑っていた。

「あっジョシュ。起きたのか」

ログはジョシュが来たことに気がつき、よっ、と声をかけた。それに少し遅れてティーナと謎の美少女も反応し、ティーナは椅子を立ち、ジョシュのほうへ駆け寄っていった。

「ジョシュ、大丈夫？」

「う、うん……えっと、あの子は？」

「あの子？　ああ、セレンのこと？」

なるほど、あの子はセレンという名前なんだな、と一瞬納得しかけたが、そもそもどこの誰、なんでここにいるの、という事を聞きたかったため、「いや、そういうことじゃなくてね」と言おうとしたが、セレン本人がジョシュに説明しようとして、二人の会話に割り込んで話し始めた。

「私の名前はセレン。この家に住んでいるの。あんたはジョシュね。ティーナたちに聞いたわ」

「ティーナに？」

「そう。ログもティーナも楽しそうに普段のこと話すから、思わず笑っちゃったもの」

自分や二人の名前を知っているのは、二人が自分が眠っている間に楽しく話していたからなのだとセレンの口ぶりからわかった。

「あんた、運が良かったわね。リベドルトの銃、殺傷力が通常のものとは違うからね。この超絶美少女セレン様が来てなかったら、あんた今頃三途の川を渡っ――」

セレンは話の途中で舌を噛み、「痛った！」と叫んだ。

「いたたた……あっ、これはっ……！　違う！　たまたまだから！」

顔を真っ赤にしてなにも言っていないのに顔をプクーと膨らませてこっちに近づき、自分よりも低い位置から上目遣いで言うセレンを見て、ジョシュの心臓は少し飛びはねた。

（っていうか、今更だけどめっちゃくちゃ綺麗だなこの人……）

セレンの目は、宝石がそのまま入っているんじゃないかというぐらい綺麗で、誰でも見惚れてしまう。顔は、本当に「当たり前」みたいに整っていた。

「ん？　ねぇログ。これってさ、ジョシュの言う『自分よりも可愛い子』っていう子じゃないの？　セレンは」

「……ほんとだ」

ログは、仲良さそうに話すジョシュたちを見た。

「あっ、そういえばセレンが僕のこと治してくれたんだよね？」

「え？　うん。まだ完治したとは言えないけどね」

「ありがとう！　すごいね、お医者さんみたい！」

ジョシュの満面の笑みは、今までティーナたちも見たことないぐらい太陽のように眩しかった。可愛い男子に満面の笑みを向けられる、ということに一切照れるなどということもせず、セレンは調子に乗ったように返した。

「ふふん、まぁね！」

遠慮でも、照れるでもなく、さらに調子に乗ることができる図太い神経は素直に感心した。

「どうやったの？」

「どうやった……？　ああ、そういうこと。私は生まれつき人を治せる力があってね、それで傷を治せるの。さすがに完治とまではいかないけどね」

「それってつまり超能力⁉　すごい、かっこいい！」

「でしょぉ」

ジョシュもセレンも、お互いに照れるなんてことはなかった。これは恋など期待したらダメなパターンだな。

「俺からも質問いいか？」二人の間に入るように、ログが聞いた。

「ええ」

「どうしてリベドルトのことを知っているんだ？」

セレンは一瞬黙り、キッチンにぽつんと置かれていた、氷のように透き通った小刀みたいな飾りを首にかけながら訳を話した。

「リベドルトにとって、私の力は喉から手が出るほど欲しいものみたいでね、幼いころからずっと追われているの。だからあそこの岩山の周りには定期的に監視が来るから、こんな岩の中で暮らしてるのよ」

「追われてる？　追われてるっていったい――」

「それじゃあ、私からも一つ質問。あんたたち、いったいどうしてあんな所にいたの？　どうしてリベドルトを知っているの？」

ティーナが問い質そうとしたら、明らかに故意に言葉を遮られた。

とりあえず質問に答えようと、ティーナとジョシュがどうやったらわかりやすく説明できるか、と悩んでいると、ログがすぐに回答を出した。

「俺たちはリベドルトを目指して旅してるんだ。ここら辺歩いてたら、リベドルトの職員かな……十中八九、敵にジョシュが撃たれてどうしようか、ってなってたら、お前が来た」

「大変だったわね。っていうか、なんでリベドルトの事を知ってるのよ。それが一番重要なんだけど」

「……別にどうだっていいだろ」

別にどうだっていいだろ、そういえば初めて会った時も言われた気がするな、とティーナは思い出す。これを言われると、なぜかとてもイライラする。

「どうでもよくないわよ。もしあんた達がリベドルトの幹部とかだったら、私捕まるじゃない」

「意味もなく人殺しするような奴に見えんのか?」

「えぇ」

「……そうか」

「だっていきなり自分の家の近くに人間が三人も現れたらそりゃあ警戒ぐらいするでしょう！　それに――」

「それに、なんだよ？」

ログに続きを聞かれ、セレンはしばらく考えたあと、ぼそぼそと続きを話し始めた。

「オッドアイ、オレンジに白のグラデヘアー、加えて角が生えてる人間なんて……」

「へぇ、怖かったのか」

「うるっさい！　怖いわけないでしょ、馬鹿！　中二病の悪役みたいな見た目のくせに！」

「はぁ⁉　あのなぁ、俺だって好きでこんな見た目に生まれてきたわけじゃねぇんだよ！」

「だよねぇ。実はあーしもそれ思ってた。リアルにオッドアイなんていたんだね」

ログを笑いながら、ティーナはそう言った。そこでログの怒りはティーナへ向き、いつものように仲良く喧嘩を始めた。

「お前だって大概じゃねぇか！」

「中二病さんに比べたらまだマシじゃない？」

「マシじゃねぇよ！」

「イケメンなだけまだいいでしょ。あーしなんて可愛い男子とシンプルなイケメンと一億年に一度レベルの美少女の間にいる凡人なんだよ⁉」

「別に凡人ってほどじゃないだろ！」

「うるっさいこのイケメン！」

「そりゃどうも！」

喧嘩だったはずが、いつのまにか褒め合いっこになっていることに気がつかず、言い合いだと思って喧嘩を続けている二人を見ながら、セレンはジョシュに聞いた。

「ねぇ、あの二人っていつもあんなんなの？」

「うん。仲いいよねぇ」微笑むジョシュの横で、セレンは小さくつぶやいた。

「……似たもの同士ね。二人とも、家族かなにかなの？」

「あの二人、ほんと図々しいお姉ちゃんと振り回される弟みたいだよね。ログ君のほうが年は上なんだけど」

「……そうね、確かに姉弟みたいに仲がいい」

セレンは、ログとティーナを見つめながら、なぜか無性に懐かしそうに見ていた。しかし、突然ジョシュのほうを向き、変なことを言い出した。

「ねぇ、ジョシュってもしかして記憶喪失だったりする？」

「記憶喪失？　いや、身に覚えないよ？」

「自分の家族とか……覚えていないこととか、ないわけ？　それか、もしくは身長が縮んだとか」

妙に神妙な声で聞くものだから、自分とこの人は昔会ったことがあるのか、と思った。でも、こんな美少女に会ったら多分十年は覚えているだろうし、きっと勘違いだろう。

「僕は村出身なんだけどね、悪い思い出しかないし、友達だって、あまりいなかった」

「……そう。よかった」

よかった、という言葉の意味はいったいなんなのだろうと思ったが、セレンが仲良く喧嘩をしているティーナたちに、そんなことを忘れてしまうほど重要なことをこの後に話し始めたから、それは、頭のどこかへ飛んでいってしまった。

「要するに、あんたらはリベドルトを目ざしている。そういうことね？　ここら辺はリベドルトの人間がうろついているし……逃げ道、教えてあげる」

「逃げ道……⁉」

ティーナは目を丸くして聞き返す。それを見たセレンは苦笑いをした。その様子から、ログとジョシュは嫌な予感を感じ取った。

だいたい、女子が苦笑いをする時はいいことがない。二人はティーナでしっかりと学習済みだ。嫌なことに巻き込まれないように足音を立てず、知的生命体としての気配を断ち、完全なる空気となりその場から逃げようとした。

「あれ、二人ともなんであとずさりしてるの?」

「えっ、えぇ、あぁいや、別になんでも……」

一度目をつけられたら、もう逃れられない。

「そんな遠くにいたら、話聞こえないでしょ?」

悪意の一文字もない純粋な目で聞くティーナに言い訳が通じるわけもなく、二人は大人しく言うことを聞くしかなくなった。

「逃げ道って、いったいどこに?」

「……この家を出てすぐ隣に、氷で覆われた地下洞窟があるの。そこを抜けたら、リベドルトの監視から逃げられる。でも氷で覆われているからツルツルして、天井の馬鹿デカい氷柱も落ちてきて、響光石もあって大変なのよね……」

キョウコウセキ、聞いたことのない単語をとりあえず頭の中で繰り返してみた。『強硬石』『恐慌石』『強光石』いろいろ漢字に直してみたが、どれもこれも意味がわからない。

「響光石っていうのはね、漢字に直したら、響きで光る石になるの。その名の通り、響き、つまり音を吸収して発光する石。音の大きさによっても光の色が違って、緑、青、黄色、ピンク、紫って順で音と共に色が濃くなっていく」

「へえ……その逃げ道のことをもうちょっと詳しく聞きたいんだけど」

ティーナに聞かれ、セレンは「はいはい」と面倒くさそうに言う。

「ここの近くに、響光石で覆われたとても大きい地下洞窟がある。そこは珍しい植物や動物がいて、そいつらは皆狂暴。それと、響光石はとても脆くて、一定以上の大きさの音を吸収すると、その音の大きさに耐えられず、石が割れてしまう。つまり、その氷の洞窟の中で大きな音を立てたら洞窟が崩れる危険性があるのよ」

セレンの説明を、一つ一つ頭の中で繰り返した。その洞窟には食料が少なくて、狂暴な動物が多くて、大きな音を出したら死ぬかもしれない。

つまり、「とてつもなく危ない」ということだ。

「一定以上の音って、どれぐらいなんだ？」

「デシベルとかそういう正確な数字はわからないけれど、多分……誰かが花火をあげたり、大きな亀裂でも入ったりしたら、崩れるんじゃない？」

ログの質問に、セレンはとてもわかりにくい喩《たと》えで返した。それにログは「なに言ってんだこいつ」をそのまま顔に出し、呆れながらセレンのほうを見ている。しかし、セレンには悪気も何もない。なによ、不服？　そう言っていそうな目をしているから顔を見ただけで何を考えているかわかる。

「で、どうする？　逃げ道使う？」

試すように聞かれて、一瞬迷った。

狂暴な猛獣がたくさんいる、大きな音を出せばすぐに崩れる脆い洞窟なんて、一歩間違えれば死んでしまう。リベドルトに着く前に死んだら、もう二度とナギサに会えない。それに、今はもう一人じゃない。仲間がいる。ログとジョシュまで巻き込んでしまったら……

「使う」

ティーナの迷いを消し去るように、ジョシュがいつも話す時と変わらないテンションで言った。それに、ティーナとログは目を見開きジョシュのほうを見る。ということは、ログも迷っていたんだな、となんだか少し安心した。

「ここで迷ってたってどうせ進めないし、それにどうせ遠回りしても危ない目にあうだけだし……はあああぁ……やだなぁ」

ため息を吐きながら前向きな事を言うこの人は、いつも汚い高音を発している、臆病なジョシュには見えなかった。

「……ジョシュって、そんなこと言う人だったっけ？」

「え？」

「お前、意外と勇気あるんだな。なんか感動した」

「失礼すぎじゃない、二人とも。日ごろから思うんだけど、僕への扱いが雑だし酷――いでっ！」

声が傷に響き、ジョシュは肩を押さえ、うずくまった。セレンは「ああもう！」と面倒くさそうにしゃがみ込み、ジョシュの隣に座った。

「大声出すからよ。ジョシュの怪我が治るまで洞窟には行けないわ。二人とも、長くて一週間はここにいてもらうことになるわね」

長くて一週間、それ以上は滞在する日数は延びない。本当は一日も無駄にしたくないし、早くリベドルトへたどり着きたい。けど、今はジョシュが怪我をしているし、そんな事を言っていられない。それに、ジョシュの傷を早く治さないといけない。でも、セレンに迷惑をかけてしまうんじゃないか。

「あーし達がいたら、迷惑じゃないかな……？」

「なーに言ってるの。私は医者だって言ったでしょ？　見捨てることはしない。そんな遠慮することもないわ」

振り返って、セレンは自信あり気に言う。驕りも謙遜もない、自信に満ち溢れた彼女を見ると、安心して笑いがこぼれた。この人ならできるんじゃないか、と錯覚してしまうほど惹きつけられる宝石のような瞳を見たら、きっと誰でも安心するだろう。

「じゃあ、お言葉に甘えて」

そう言った瞬間、セレンはティーナの背中をビシバシと叩き「それでいいのよ！」と得意げにウィンクしてみせる。ちょっと力が強くて痛い。

「この美少女セレン様に任せなさ――痛い！」

この美少女セレン様がどーのこーの、まで言った時にはもう予想できていたが、話している最中に舌を噛んで痛そうにしている。

（頼りになるんだか、ならないんだか……）

「イタタ……とりあえずあんた達はそこで待ってて。ジョシュはベッド戻ってて」

「自力で？」

「ここまで来れたんだから行けるでしょ」

「ええええ……」

文句を言いながらもちゃんと自分で戻っていくあたり、聞き分けがいいのかなぁと思った。

「ティーナは私の部屋、ログは空いてる部屋見つけてそこに泊まって」

空いてる部屋見つけて、という言葉はなんだか適当に聞こえた。この人、ログに対しては結構な塩対応らしい。ジョシュは肩を押さえ、「いだだ」と呻き声をあげながら元いたベッドのほうへ戻っていった。馬鹿力があるから忘れてしまうが、彼も「一応」人間だし怪我人なので手伝おうとしたら、セレンに手を引っ張られどこかへ連行されてしまった。

「おわぁっ、どこ行くの？」

「私の部屋。もう空いてる部屋ないし、男どもと一緒の部屋で寝るなんて嫌でしょ」

「部屋……？　セレンの部屋に泊まるの？」

「さっきそう言ったじゃない」

「セレンの部屋ってどんな感じなの？」

「シンプルすぎ、って感じかしら。二段ベッドとテーブルが一台。それ以外、特にこれといったものはないわね」

「そうなんだ」

シンプル、そう言われたってこっちは「普通の部屋」を見たことがないから、シンプルがどの基準だかわからないんだけれども。

セレンに連れられ、リビングを出て、ジョシュが寝ていた部屋とは別のもう一つの部屋の方へ行った。金色のノブを回すと、短い廊下の側面に二つのドアがあった。

「私の部屋は手前」

手前のドアを指さしながらそう言い、ティーナの手を引き歩き始めた。一歩前を行くセレンの後ろ姿は、なんだか姉のように頼もしく見えた。手を繋ぐ人によって感じ方はずいぶん変わるもんだな。ログの時は……

はっ、と自然に下へ向いていた視線を元に戻し、自分の考えを振り落とすように首をフルフルと振った。

(思い出すな、考えるな……)

思い出すと毎回、頭の中が浮くみたいな感覚がして胸の中がキュウウとなって痛くなる。そんな変な感覚になってしまうから、なるべく考えないよう、思い出さないようにする。そういうことを考えるとログの顔をまともに直視できなくなってしまうから。

「どうかした？」

振り返り聞いてきたセレンにビクッとして、慌てて首を横に振る。

「いっ、いや！　なんでもない！」

「なんでもないわけないでしょ」

必死に否定するティーナをセレンは一蹴し、「教えろ」と言わんばかりに圧がこもった目線を向けてくる。「ログと手を繋いでた時のこと思い出してました」なんて、言えるわけがない。なにか、言い訳を……

「え、ええっと……なんかセレンがお姉ちゃんみたいだなぁって思って……」

一応、嘘は言っていない。

「お姉ちゃん？　へぇ……そう見えてるのね」

セレンは口元を緩めて嬉しそうに頬を染めた。

(女神かな？)

言い過ぎや喩えではなく、真面目にそう見えた。

(あ、ああ、なんだびっくりした、セレンか……)

冷静に考えてみたらこんな美人が自分の姉になるわけがない。もしそうだったなら人生最大の誇りか、嫉妬の対象になるかもしれないが。

（だってあーし、中の――）

中の、そこまで頭の中で言語化した時、ストップした。大丈夫、ジョシュの目は絶対に節穴。あの言葉を聞いた時からずっと自分の頭にそう言い聞かせているが、アレを言われた時のショックは相当なもので、全然気にしていなかった顔面偏差値のことをよく気にするようになってしまった。

「ねぇ、セレン。あーしの顔のレベルって、どのくらい？　例えば中の上とか中の下とかで表現すると」そう聞いた後、セレンはすぐにこう返した。

「顔の美しさのレベルってこと？　ズバッと言っちゃうと、『下の上』ってところね」

「下のじょっ……」

中の下ですらないの⁉と、ティーナはがっくりと肩を落とす。

「ティーナは元は良いのに、服も髪型も、センスがないのよ。元は良いのに！」

「うん……？　どういうこと？」

言っていることの意味がわからず首を傾げながら聞いてみると、セレンは面白そうに微笑みティーナの手を掴んで「ほらこっち！」と自室へ駆け込んでいった。

「わぁ」

セレンの部屋の中は一枚の白い絨毯の上に可愛らしい丸い机が置いてあって、部屋の隅にはまるで秘密基地みたいな二段ベッドが置いてあり、そのすぐ隣に小さな棚があった。確かに、「シンプル」だなと小さく「わぉ」と声を漏らした。

「どっちで寝たい？」

最初はなにを聞かれたのかわからなかったけど、セレンが指さす二段ベッドを見て、「上か下か、どっちで寝たいのか」と聞かれているのだとわかった。正直どっちでもいいけれど、下のほうが秘密基地のようで、なんとなくワクワクする。

「じゃあ、下がいい」

「オッケー。それじゃ、その机の前に座って」

言われた通り、机の前に座った。敷かれたもふもふの絨毯の感触がとても気持ち良くて、思わず手で絨毯を撫でてしまう。すると、セレンは棚の中から、花柄が彫られた茶色い手鏡とヘアブラシを取り出し、ティーナの後ろに座った。

「はい、これ持ってて」

そう言い、手鏡を渡された。鏡なんて、ほとんど触ったことがないからか、じぃっと鏡に映る自分を見つめた。水たまりに反射する姿ぐらいしか見たことがないから、ちゃんとした鏡で見るのは初めてだなぁと思った。そうしていたら突然髪が少し引っ張られる感じがして、後ろに座っていたセレンのほうを振り返った。

「引っ張らないでよぉ」

「いいからじっとしてて。今度から中の中って胸張って言えるぐらいにはしてあげるから」

セレンはそう言いながらティーナの髪を梳《と》かし、クルクルとねじって結んでいる。その感覚になんとなく違和感がして、「やめて」と言おうとした。その時、なんとなく目線を移した鏡に映っている自分の姿に目を奪われた。

「え……なにこれ、あーしじゃないみたい」

鏡の中に映っていた自分は、編み込みのポニーテールになっていて、本当に鏡に映っているのは自分なのか、と疑うぐらい綺麗になっていた。

「そのまま動かないで。今リボン持ってくるから」

そう言って、セレンはもう一度棚のほうへ行き、がさごそとなにかを探し始めた。どうやらその探し物が見つからないようで、「あれ、どこだったかな……」と呟いていた。一分ほどすると、「あった」と言いながらティーナの方へ戻ってきて、見つけたなにかをティーナの髪に巻き付けて結んだ。

「よし、出来上がり。鏡見てごらん？」

「……リボン？　これ……すっごい可愛い」

「私のとお揃い」

ティーナの髪には汚れ一つない真っ白なリボンが結ばれていて、数分前までの自分だとは思えなかった。確かに、これだったら中の中、いや、中の上ぐらいまではランクアップしている。

「セレン、ありがとおおっ！」

「きゃあっ⁉」

あまりの嬉しさに羞恥心を捨て去り、セレンに思いっきり抱き着いた。セレンは小さく悲鳴をあげながら、体が倒れこまないように床に手をつき、なんとかバランスを保った。

「全く……いきなり飛びついてこないでよ」

言葉とは裏腹にセレンは笑顔を浮かべながら言う。その様子は、傍から見たら仲の良い姉妹のように見えるだろう。

しかし、ほわほわしていたのも束の間。セレンは突然わる〜い笑みを浮かべてティーナの手首を掴んだ。

「しっかしまぁ、ちょっと髪を弄《いじ》っただけでこんな変わるなんてねぇ……これはアレンジし甲斐がありそうだわ……」

「セ、セレンさん？　なんでそんなに悪い顔してるの？」

嫌な予感を感じ取り、立ち上がって逃げようとした。が、セレンに手首を掴まれているため逃げられない。そこまで力は強くないのに、なぜか「ぜってぇ逃がさない」という感情がひしひし伝わってくる。これから無理やり逃げたらそれはそれで、とんでもないことになりそうだ。

「逃がさないわよ？」

櫛と手鏡を持ちながらニコニコと笑うセレンからはもう逃げられなかった。

「だっ、だだだ、誰か――」

「わああああああああ!!」

「うわっ!?」

リビングで一人、ソファに寝そべりくつろいでいたログは、いきなり聞こえてきたティーナの悲鳴に飛び上がった。緊急事態、というほどではないが、ティーナがここまで悲鳴をあげるのなんて滅多にない。セレンと一緒の部屋に寝ると言っていたが、まさかセレンになにかやばいことをされているんじゃ……

（なんだよこの声？　命の危機……とか、そこまで真剣にヤバそうな感じじゃないけど……）

とりあえず助けに行った方がいいと判断して、席を立ち、悲鳴が聞こえてきた部屋へ向かった。リビングの隅にある部屋のドアノブを回すと、一メートルと少しの廊下があって、壁には二つのドアがついていて、手前の部屋からティーナの声が聞こえてきた。

「ちょっ、ちょっとやめて！　待って、あーしそんなの無理っ……」

部屋から聞こえてきたティーナの声を聞いてログはヒュ、と息を呑み部屋のドアを思いっきり開いた。

「ティ――え？　どうしたんだそれ？」

部屋に入った途端、焦りのせいで入っていた肩の力が一気に抜けて、少し上ずった声が出た。

部屋の中にいたのは、黒いリボンとフリルが大量についた丈が少し短めの、ピンクや紫などの可愛い色のワンピースを押し付けているセレン。それを押し付けられている、高い位置で髪をツインお団子姿のティーナがいた。ティーナはログが来たことに気がつくと、涙目で助けを求めてきた。

「ログ、助けてよ！　さっきからセレンがずっとお姫様みたいな服押し付けてきたりとか、髪好き勝手いじったりとかしてくるんだよ！」

「あんた素材がいいんだから何着ても似合うでしょ！　いいから着替えなさい！」

「さすがにその服は恥ずかしいよ!!」

どうやら、大したことではないようだ。ただ仲が良いだけでよかった。変な想像をしてしまった自分が恥ずかしい。

「というか、ログどう？　ティーナめっちゃ変わったでしょ？」

セレンはティーナの顔をログのほうに向けながら自信満々の笑みで聞いてくる。その質問に思わず一瞬「えっ」と言ってしまった。その一言で言葉が枯れて、喉からなにも言葉が出てこない。

可愛い、自分が彼女の姿を見た時に感じたことをそのまま言語化して相手に伝える、馬鹿にでもできる簡単なことだ。しかし、ログにもプライドや羞恥心ぐらいはあるためその単純な言葉がいつまでたっても言えない。

「……どうかな？」

ティーナは不安げに上目遣いでログに聞いた。無意識だとはわかっているが、不意の上目遣いで一瞬息が止まりそうになった。

「あー……悪くはないいんじゃねえの？」

「悪くはないってなに？」

悪くない、という微妙な回答がなんとなく、どうでもいいと思われている気がした。そのせいか自然とムッとした声と顔で責めるように聞いてしまった。ログはそれに「うっ」と嫌そうな顔をした。自分が思っているよりも言い方がきつくなってしまっていたかもしれない。謝らなきゃ、そう思って口を開いた。

「ごめん、少し言い方きつ――」

「可愛いよ」

「は……」

少しいつもより柔らかくなった口調で「可愛い」と言われた。その情報を脳がすぐ処理できなかった。

（可愛い……）

そう、頭の中で繰り返してみる。繰り返すたびに、顔が熱くなっていく。それが自分でも自覚できてしまう、ということは一目見て「照れている」とわかるぐらい顔が赤くなっているのかもしれない。しかし、それ以上に嬉しくて口元が自然に緩んでしまう。ログに声をかけようとしたら、もう既に部屋から出ていっていた。数秒前までそこにいたのに、早すぎやしないか。

可愛い、か。あの髪型でいたら、そう思ってくれるのかな。

セレンは、ログとティーナの会話を黙って聞きながら、とても懐かしそうな表情をしていた。

まるで、自分が失ってしまった何かを見つめるような、愛おしそうだけど、寂しい目で。

「セレン、もうちょっと簡単にできる結び方ってあるのかな？」

すると、セレンはすぐに頼もしい笑顔になって「まっかせなさい！」と言ってくれた。

「そうね、ティーナは髪おろしているよりポニーテールのほうが可愛いから――」

セレンはそう言いながら、簡単にできるポニーテールの方法を丁寧に教えてくれた。三つ編みのやり方など、二、三回練習するとすぐにできるようになった。

「ジョシュやログって、どんな人なの？」

セレンは結び方を教えている最中、優しい声で聞いた。どんな人、どういう性格なのかということなのだろうか。どんな人なのかということは人によっても違うし、完全にティーナの主観になってしまうが、ティーナから見た彼らは……

「うーん、ジョシュは、弟みたいな感じかなぁ。ドがいくらついても足りないぐらいアホで天然でね、すっごいビビり。でもそのくせゴキブリとか虫とか、素手で普通に触っちゃうんだよ。ああ、あと自分の顔『可愛い』って断言できるんだよ。ログもジョシュのこと弟みたいなもんだって思ってるらしくて、あの二人、なんだか兄弟みたいだなぁってよく思うんだよね」

「え、なんかやばくない？　自分のこと可愛いって言ってるって」

「セレンも同類じゃない？　ログはねー……頼りになるって思ってる。いろいろあーだこーだ言うけど、なんだかんだ言って優しいんだよね。あっ、でも馬鹿だなぁとか思う時もあるよ。なんとなく大人げない、というほど大人でもないけど。言動が十歳の子供みたいな時があるんだよね。二人とも、大事な仲間だよ」

「ふーん、ログって、ツンデレ？」

「あー近いかも。めっちゃくちゃ口悪いくせに、人のこと、本気で貶《けな》したりしないし、根は馬鹿みたいに優しいのに変に悪ぶってるんだよね。恥ずかしがり屋なのかな？」

「顔もいいし性格も良いってことね。そりゃ惚れるわよね」

「うんうん、ほんっと、どいつもこいつも顔整いやがっ――え？　今なんて？」

セレンの言葉に「どいつもこいつも顔整いやがって」と愚痴をこぼしながら言葉を返していた時、セレンが最後に言った言葉を思い出して、ノリツッコミみたいになってしまった。

「えぇ？　ティーナはログが好きなんでしょお？」

そう言ったセレンの声は、とてもいやらしい。ティーナは「違う！」と大声で返そうとしたが、それだと逆に疑われてしまうんじゃないかと気づき、クールを装った。

「え？　なんで？」

光が消えた冷めた目で問い返すと、セレンは数秒押し黙った。そして、気が抜けたようにため息をついた。呆れたのか、それともがっかりしたのか。まぁ、どちらでもいいけれど。

ログがかわいそうだなぁとセレンは考えていた。これが照れ隠しならいいんだが、本気でティーナがログのことをなんとも思っていないのなら、彼がかわいそうだ。

（でも、似合う髪型聞いてるし、きっと照れ隠しだろうけどね）

どちらにせよ、セレンが首を突っ込むことではない。そろそろジョシュの様子を見に行かなくてはいけないので、スカートに引っかからないように立ち上がり、「ジョシュの様子見てくる」とティーナの頭を撫でながら言った。ティーナは急に撫でられ驚いたのか、「わぅ」と小さく声を漏らした。その声が可愛くて、さらに撫でてしまう。

「ちょっとぉ」

ティーナは恥ずかしそうにセレンの手をどけて、頬を膨らませセレンのほうを見る。怒り方が可愛くてからかってしまいそうになるが、ジョシュのほうへ行かなくてはいけないので「ごめんごめん」と言い部屋を出て行った。

(お姉ちゃんがいたら、あんな感じだったのかな……?)

そんな風に考えながら、部屋を出ていくセレンの後ろ姿を見つめていた。

「……ん」

目を開けると、ティーナはベッドの上に横たわっていて、寝起き特有の視界がぼやける感覚がある。どうやら寝てしまっていたらしい。おそらく数時間……ということは、もう夜か。二段ベッドから降りて、背伸びをしながら二段ベッドの上の段を見た。

「もう寝てる……」

ベッドの上ではセレンが布団にくるまり、気持ちよさそうな寝息を立てていた。あまりにも綺麗なので、女子であるティーナさえも見惚れてしまうほどだ。もう皆夕食を食べ終わってしまった頃だろう。そう考えると少し寂しくなる。

おそらく三時間弱は寝てしまっていたのでまったく眠る気が起きなくて、リビングにでもいようと思い、セレンを起こさないようにそっと部屋を出た。薄暗い廊下に灯るランタンの淡い光が幻想的で、まるで異世界にでもいる気分になった。リビングを抜けて、ジョシュが寝ている部屋のドアをノックした。すぐに部屋から「どうぞ」と声が聞こえてきた。

「入るよー」

そう言いながら部屋に入っていった。中にはベッドの上で本を読んでいるジョシュの姿があって、左手も当たり前のように使っているので、もうすっかり治ったんじゃないかと思った。でも、いくらセレンでも銃で撃たれた傷を一日で治すなんてことできないはずだ。さすがにジョシュだって人間だから。

「あっ、その髪型、どうしたの？」

入ってきて一番にそう言った。ティーナはジョシュのほうへ近づいて、この髪型のことを自慢しようとした。自然に口がにやけてしまう。

「これねー、セレンにやってもらったの。どう？」

「めっちゃ似合ってるよ。そのリボン、セレンとお揃い？」

「うん！　これでもう二度と中の下なんて言わせないから！」

「うっ……すいません」

中の下、その単語を出すとジョシュは申し訳なさそうに言った。かなり後悔していそうだ。

「なに読んでるの？」

「あぁ、この本？　孤児院を抜け出した主人公が、魔法の世界に迷い込んじゃうんだ。その世界にあるなんでも屋で働くことになって……って話。結構面白いよ」

ジョシュはそう言いながら、本についていたしおり代わりの紐を読んでいたところに挟んで、「ティーナも読む？」と渡してきた。見たところ、その本は少なくとも五百ページ以上ありそうだ。そんな長い本を読むほどの集中力と本に対する興味はティーナにはない。

「いや、遠慮しとくよ。よくそんな難しそうな本、読めるね。あーしはギリギリ文字読める程度なのに」

「僕、昔から本読むのとか、勉強好きなんだよねぇ。村を出た時から、もう本なんて読めないって思ってたからさぁ」

むしろ勉強が苦手で、「勉強やだ！」とか言っているタイプだと思っていたので少し意外だ。

「勉強、好きなの？」

「うん」

「えー、意外」

そう言った直後、ティーナは後悔した。だって、さっきの発言はジョシュの過去に触れることだ。「学校行っていないと言っていたから、てっきり苦手なのかと思った」と言っているようなもの。彼の過去は「いじめられて不登校」。挙句の果て、リベドルトに村を燃やされ、自分と兄以外は全員死亡。雑談の話題にするには重い内容だ。こんなこと、軽く触れていいわけがない。

「ごめん！」

ティーナはすぐに謝った。最初、ジョシュはきょとんとしていたが、すぐにティーナがなぜ自分に謝っているのかを理解した。

「別にいいよー。いつかは笑い話にしていかないと、不健康だよ」

ジョシュの言葉に、とても驚いた。どちらかというとジョシュは、そういうことを気にする人だと思っていた。

それなら話しやすい。ティーナは、胸を撫でおろした。

「よかったぁ……でも、本当に意外だな」

「学校は行かなかったけど、勉強自体は結構好きなんだよね。一番、役に立つことだし」

「へぇぇ……なんか、凄いね。〝あのジョシュ〟とは思えないぐらいまとも」

「えへへ」

ジョシュは、「それにしても」と本に目線を移す。

「なんでセレン、本なんて持ってるんだろう」

「自分で書いたのかな？」

「さぁ……その本、どんなところが面白いの？」

「伏線回収とかかな？　序盤の何気ない会話とかが後半になってくると重要な役割になってきたり、とにかく伏線回収がすごい！　後半で物語の秘密が一気に明かされていく感じとか、こういう話、好きなんだよね。あと単純にキャラクターが好き」

「へぇ……？」

今一つ言っていることの意味がわからなかったけれど、とりあえず面白いんだなとわかった。

「傷、大丈夫?」

「うん。もうあんまり痛くない」

ジョシュはそう言いながら左腕を少し上下させて見せる。やせ我慢しているといった様子もないし、本当にもう大丈夫なんだなと安心した。要件は様子を伺うことだけなので、これ以上話すことなんて何もないいんだが、この話をしただけでここを去っていくのは嫌で、なにか話題でもないかなぁと思い、本棚の中から面白そうな本を探した。だが、そもそも本を読んだことがないティーナには、面白そうな本の見分け方などわからなかった。

「どれがいいのかな……」

首を傾げていた時、ティーナは本棚の違和感に気がついた。

本がかなり手前に置いてある。もっと奥行きがあるはずなのに、こんなところに置いていたら、なにかの振動で本が落っこちてジョシュに当たってしまう。

(危ないなぁ……)

落ちてこないように、本を奥まで押し込もうとした。だが、奥に何か入っていたのか、それに当たって途中で止まってしまった。なんなんだろう?と本を引き抜き、邪魔になっている本を取り出した。それは他の本に比べると随分と古くて、表紙も所々汚れていた。紙も、新品というより何十年も経った後の、よれよれになって黄ばんだ大昔の書物みたいだった。「浅野」と、タイトルらしきものが書かれている。あらすじは書かれていない。試しに適当なページを開いてみると、誰かの手書き文字が書かれてあった。ところどころインクが滲んでいて、売るために作られた、というわけではなさそうだ。そもそも、こんな世界で金なんて意味を成さない。

文字は自分が知っている文字とは少し違っていて、今の文字がもう少しカクカクした感じだった。でも、ちゃんと見ればなんて書いてあるかわかるので、解読不可能というわけではない。とはいえ、ティーナはそこまで文章を読むのが得意ではないし、読書なんてしたことがない。なにより、ただでさえ文字を読むのがギリギリできる程度なのに、解読が難しい文字が使われた長ったらしい本は読む気にならない。でも、これ以外に話題になりそうなものもなさそうなので、最初の数ページだけでも、と最初のページを開いた。

どうやらこの本は、実話系でも勉強系でもなく、完全なる空想の物語らしい。一部インクが滲んで読めなくなっていた文字があったため、多少憶測の部分があるが、「ある村に化け物のような見た目をした子供が生まれ、その子供を殺そうとする人と、守ろうとする人。そしてその子供の人生」を書いていた。内容がそこそこ重くて、読んでて気が暗くなってくるような本だったのですぐに本を閉じた。

「ティーナはその本読むの？」

「うーん、本を読める機会なんて少ないし、読んでみてもいいかなって思うけど……長そうだし、時間かかるんじゃないかな」

するといと「ああ、それなら」とジョシュは言う。

「『好きなの持っていっていい』って、セレンが言ってたよ」

ティーナは驚いてジョシュを見る。本を読むのは好きじゃない。そもそも読んだことがない。でもこの機会を逃したらもう二度と読めないかもしれないし、セレンの好意に甘えてしまおう。

「なら貰おうかな……あ、セレンに貰っていいかどうか聞いていいよね？」

「僕が貰っていいかどうかって聞いたら『あげるって言ってるでしょ。いちいち答えるのも感謝されるのも面倒くさいし、勝手に持っていって。どうせ、読み飽きてるし』って言われたよ。ついでに、それをログとティーナにも言っておいてくれって」

「あ、本当に？　それじゃあ、遠慮なく頂いちゃおう」

本人が「面倒くさい」と言っているのでありがとうとは言えないが、ティーナは心の中でセレンに感謝した。

「ティーナはもう寝る？」

「ジョシュも大丈夫そうだし、もう寝ちゃおうかな」

そう言うとジョシュは少し寂しそうな目をしながら、「そっか。おやすみ」と言った。一瞬まだここに居てあげようかなぁと思ったけれど、ここに自分がいても特になにも意味がないし、セレンの部屋に戻ることにした。

「うん。おやすみ」

部屋を出ていくと、もうリビングの灯りはテーブルの上に置かれていたランタン以外すべて消されていた。ランタンの光がなぜか緑色で、お化けでも出てきそうだった。そんな怖い場所にいるのが嫌で、走ってドタドタ音を立てながらセレンの部屋に向かった。すると、テーブルの上に置かれていたランタンの光が緑から青色に変わって、テーブルの前でティーナは足を止めた。

なんでランタンの色が変わるんだろう。そう疑問に思いランタンを持ち上げてどんな仕組みになっているのか見てみた。暗闇に目が慣れてくると、ランタンの中に入っているのが、一つの石であると気がついた。その石が、ランタンの光の素だった。

いろいろな色で光る石……どこかで聞いた覚えがある。

『響き、つまり音を吸収して発光する石なの。音の大きさによっても光の色が違って、緑、青、黄色、ピンク、紫って順で音と共に色が濃くなっていく』

「響光石……！　そっか、これがそうなんだ……」

響光石の色が緑から、少し色の濃い青に変わったということは、ティーナが走る足音で音が強くなったということなのだろうか。響光石、なんて便利な石だろう。火も電気も使わずにランタンの代わりになれるなんて。

響光石の洞窟を通る時、ついでに響光石も持って帰ればもう焚火をたく手間も省ける（ただし、洞窟から生きて帰ってこれたらの話だ）。セレンが「響光石の洞窟は大きな音を出したら壊れて、猛獣がたくさんいて――」なんて怖い話をしていたから悪いイメージしか持っていなかったけれど、とても便利な石じゃないか。これ。

セレンは響光石の洞窟の様子を知っているようだったし、一度入ったことがあるのかもしれない。きっとこれも、その時取ってきたものだ。

「ふわぁあ……」

大きなあくびが出て、早く寝ようと思った。そういえば、ここは一応岩山を削ってできた家の中。日光が届かないから、時間の感覚が少し狂ってしまう。

「寝よ……」

こうして、セレンと出会った初日が終わった。

ジョシュが撃たれた時は、正直終わったと思ったけれど、セレンのおかげでどうにか助かったし、家にまで泊めてもらってしまった。

でも、いろいろと謎が多い人だ。こんな世界でなんで本なんて持っているんだろう。いったいどこで手にいれたんだろう。どうしてリベドルトにそこまで詳しいんだろう。なんで自分たちにこんなに良くしてくれるんだろう。セレンはとても良い人だから、ただの善意で済みそうなんだけれど、もしも違う目的があったら……

もう、こんなことを考えるのはよそう。

ティーナは本をバッグの中に入れ、眠りについた。

地下洞窟へ

今はセレンの家に来てから三日目の早朝。珍しくジョシュは早起きをしてしまって、今現在、ベッドの上で二度寝するかしないかを迷っているところだった。

長い葛藤の末、珍しく起きることを選んだ。別に目がぼやけているわけでもないのに癖で目をこすってしまい、それに気がついた時、「癖ってすごいな」と、笑ってしまった。掛布団を綺麗に畳んで、リビングに行った。そこには寝ぐせ一つないログの姿があって、その様子からもう身支度はすべて済ませたんだなとわかった。どれだけ早起きなんだろう。

――三日前、岩山あたりを歩いていると突如ジョシュがリベドルトに属する人間に撃たれ、絶体絶命になっていたところを「セレン」という先天的な治癒能力を持つ美少女に助けられ、リベドルトの監視から逃れるためには、とても危険な「響光石の洞窟」を進まなければいけないとわかった。ログやティーナが行こうかどうか迷っている時、ジョシュは誰よりも早く、

「ここで迷ってたってしょうがないし、そこを通っていこう」と言い、響光石の洞窟を通っていくことが決定した。いつものように「嫌だなぁ」と言っていたが、あの時のジョシュはいつもより頼もしく見えた。その後、他愛もない雑談をしたりしているといつのまにか三日経ち、いつのまにかセレンと仲良くなっていた。


「おはよう」

「ん？　あぁジョシュか、おはよ。傷、もう平気そうだな」

「うん！　もう運動しても全然平気なんだよ！」

自慢げに言うと、ログは安心したように「よかった」と一言言った。

「ジョシュの体調が良くなったら、響光石の洞窟行くって言ってたしな。ようやく次に進める」

響光石の洞窟、確かセレンが言うには……

大声出したら即アウト。たくさん猛獣がいて、氷は多いくせに水分は少ないとかいう、あの危ない……

「ナンカ　ボク　オナカイタクナッテキチャッタナー」

――気のせいだった。〝あの時のジョシュはいつもより頼もしく見えた〟と言ったか。前言撤回だ、訂正しよう。このジョシュに頼もしいの「た」の字もない。洞窟に行きたくないがために棒読みで、こんなバレバレな嘘をつくこいつには「ボケナス」という言葉がお似合いだ。

「なんで行くとわかった途端、そんなこと言うんだよ！　あの時の達観したジョシュはどこ行った⁉」

「確かにね、あの時『行く』とは言ったよ⁉　でもあの時は寝起きだったし、怪我で頭がそこまで回ってなかったんだよ！　そんな危なっかしい洞窟、行きたいなんて思う人いるわけがないでしょぉ！」

「俺だって行きたくねーよ！　そこは『しょうがない』って割り切れよ！」

「怖いもんは怖いんだよぉ！」

「叫べるほど元気になったんなら行くぞ‼」

「い〜や〜だぁ〜！」

この会話、もう何回かやった気がする。その後も床に体育座りをして縮こまっているジョシュをなんとか起き上がらせようとしたが、さすがはチビゴリラと言ったところか。とんでもない馬鹿力だ、びくともしない。

そんなことをしていると、「なによもう、うるさいわね……」と言いながら、セレンとティーナがリビングに来ていた。ティーナは二人の様子を見て、だいたい、こうなった経緯がわかった。だが、ログやジョシュとの付き合いが短いセレンは、呆れた目で二人を見た。

「あんたらなにやってんの？」

ログは、先ほど「ボケナス」と呼んだジョシュと同じ扱いをされているのに不服だったのか、すぐさま「違う」と否定し、こうなった経緯を話した。すると、セレンは怒っている時のお母さんのような顔になった。

「……ジョシュ、『行く』って言ったの、あんたなのよ？　行くって言ったなら行きなさい」

「う、でも……」

「行きなさい」

でも、と言い返そうとするジョシュの言葉を遮って、心臓に類人猿並みの毛が生えていない限り言い返せない圧を出しながら言った。ジョシュが言い返せるわけがない。首を横に振るなんて、選択肢ではなく「選択死」になってしまうからだ。命の恩人のセレンに逆らってはいけない。「逆らわせない」という圧がでている。ジョシュは首を縦に振るしかなかった。

「準備ができ次第出発するわ。ちゃんと準備しといてよ？　もしもまた『肩が痛い』とか言っても無理やり引っ張ってくからね」

「はぁい……」

ジョシュは肩を落とした。もう見慣れているので、ティーナもログも声をかけようとも思わなかった。

「ティーナ、部屋戻るわよ」

「うん」

セレンと一緒に部屋に戻り、洞窟へ行く準備をした。

部屋の中で鏡を見ながら、セレンとお揃いのリボンで髪をポニーテールに結んだ。この三日間、何回も練習したのである程度のヘアアレンジはできるようになった。セレンは、ティーナにはポニーテールが一番似合っていると言うので、最近はずっとポニーテールにしている。

「ティーナ。準備できた？」

「うん！　ばっちり」

部屋を出ると、リビングに、もう既に準備し終わっているログとジョシュがいた。ティーナとセレンを待っている時間が暇だったのか、二人ともジャンケンをして待っていた。

「遅いよぉ」

二人が来ると、ジョシュは珍しく不機嫌そうに言った。

「ごめんごめん。それじゃ、三人とも準備できたことだし、出発するわよ」

少し遅れて「うん」と頷き、セレンに連れられて家を出た。

数日ぶりに見る青空は、ずっと岩山の中にいたせいか酷く眩しく見えた。今はもう七月半ば、地上へ照り付ける日射が熱かった。

「洞窟はこっちよ。そろそろ寒くなってくるから、上着を着たほうが良いわ」

ここを出発する前、セレンは「洞窟の中は寒いから上着を着たほうが良い」と言った。響光石は氷のような特性を持っていると言っていたし、それの洞窟なんて寒いのが当たり前なんだろうけど、こんな暑いのに「寒くなる」だなんて、なんだか変だなと感じてしまう。

そんなことを考えながら、周りの景色を見渡していると、どこか見覚えのある所だなぁと思った。

『東京まで行かないと、ない』

（あっ、そっか……どっかで見たことあるなって思ったら、ここ東京じゃん）

ナギサとここに来たことがある。周辺の地形も知っておいた方が良い、と言われ、よく探索に出かけていて、その時に来たのだ。

ここが東京ということはつまり、もうUターン終了という事だ。数か月前の事で忘れていたが、ティーナたちは静岡の方まで行くルート（太平洋側）がふさがれていて、別ルート（日本海側）に行くまでずっとUターンしていた。響光石の洞窟さえ抜ければ、あとは別ルートに切り替えてもう一度進むだけだ。

「着いた。ここよ」

セレンがそう言った場所は、ティーナたちが想像していた洞窟の入口とはずいぶん違った。響光石なんてロマンチックなものがある洞窟だから、もっとキラキラしているかと思ったら、全然違う。キラキラとは真逆の、お先真っ暗で怪しげな洞窟の入口だ。

なんであんなに真っ暗なんだろう。怖いんだけど。

「あのぉセレン？　あんな真っ暗な所に入るの……？」

嫌そうに声をあげたのはジョシュだった。彼はビビりなので、なにかしら騒いだり「嫌だ」とゴネるのはわかっていたが、こんなに柔らかい言い方をするとは思わなかった。ティーナはてっきり「いぃぃぃいいやあああぁ！」など汚い高音を発しながらジョシュが騒ぐと思っていた。彼のビビりは少し治りつつあるのかもしれない。でも彼にはずっとビビりでいてほしいな。ビビりじゃない彼は、ただのいい子だから。

「ええ。大丈夫よ、一応ランタンを持ってきているし」

「いや、そういう問題じゃなくて……」

「怖いのはわかるけど、『行く』って言ったのはあんたでしょ？」

「うっうぅぅ……わかったよぉ、行くよぉ……」

行くって言ったのはお前なんだぞ？　これを言われるとなにも言い返せない。ジョシュは心の中で数日前の自分の選択をひたすら後悔していた。

ティーナは覚悟を決め、洞窟の中へ足を踏み入れた。

洞窟の中は外見通り真っ暗で、全体的に湿っている。そして、ぴちゃ……ぴちゃ……と天井から水が滴っていた。水が頭に落ちてきて、思わず「わっ」と小さな声をあげる。水があって、薄暗い。見たところ響光石はなさそうで、ゴキブリかコウモリでも出てきそうな普通の怖い洞窟だ。

「セレン、ほんとにここ響光石あるんだよね……？」

「ええ。あともう少し進んだら」

セレンが持っている響光石のランタンのおかげでなんとか進めているけれど、暗すぎて足元に気を付けなければ水で滑って頭を打ってしまう。響光石があってもなくても、油断大敵だという事には変わらない。ティーナとジョシュは怖さを紛らわせるために、それぞれセレンとログに引っ付いている。

「……あんたたちと仲間になれたらね」

「え？」「は？」「ん？」

突如セレンが発した言葉に、ティーナたちは異口同音に声をあげ、セレンの方を見た。

いきなり三人に見つめられ、セレンは目を伏せながら「なによ」と反抗するように言った。

仲間になりたい、そう言ってくれるのは嬉しいんだけれど、なんでこのタイミングなんだ？

「なれたらね」ってどういう意味？　など頭の中で疑問がたくさんあるので、セレンに言葉の意図を説明してもらいたい。

「もう！　見ないでよ！」

「いや、見ないでよって言ったって……」

ティーナがそう言うと、セレンは恥ずかしさからか、力が入り上がっていた肩を、ため息と共に下げた。

「別に、言葉通りの意味。あんた達と仲間になれたら、いろいろ楽しそうだなーって……」

どんどん声が小さく掠れて消えていき、セレンは数秒喋っただけで続ける言葉がなくなってしまった。よほど恥ずかしいのか、顔をトマトみたいにしている。普段は強気で頼りになる彼女がそんな顔をしているのがとても面白くて、今にも吹き出しそうなのをぐっと我慢している。

しかし、それも限界に達し、誰かが「ふっ……」と声を漏らした。数秒すると、ログの声だとわかった。普段ジョシュやティーナに比べて笑わない彼が笑ったとわかると、もう自分たちも笑っちゃってもいいかなと、小さく笑いを我慢している声が溢れだした。よく聞かないとわからないぐらい小さな笑い声だったけど、ここが洞窟だからその小さな声が洞窟の中で響いて、エコーがかかる。

「笑うな！」

セレンは真っ赤になった顔をティーナたちの方に向けて、敵を威嚇する猫みたいな顔をした。

「ふふっ……いや、ごめん。嬉しくってさ」

「はぁ？」

ジョシュが涙を拭きながら、セレンにそう言った。セレンは眉間にしわを寄せて少々がなり気味の声で聞く。というより威嚇だな。

「セレンが仲間になってくれたら、僕たちも嬉しいよ」

ジョシュは、嘘偽りない素直な言葉を返した。恥ずかしがっている人に、フォローでも、からかうでもなく、そんなことを言えるとは。少し羨ましい。

確かに、ティーナもセレンが仲間になってくれたらとても嬉しい。

ふと、セレンはどんな反応するかなと目線を移した。

「……ば、ばっかじゃないの⁉　そりゃ私みたいな美少女が！　仲間に入ったら誰でも嬉しいに決まってるでしょ！　馬鹿！　アホ！」

腕をわんわん振って、駄々をこねる子供のように言った。

天邪鬼、そう書いて「セレン」とでも読むのだろうか。そんなわけないと分かっていながらも、こんな馬鹿なことを考えてしまうほど、セレンは素直じゃなかった。本当はめっちゃちゃくちゃ嬉しいくせに、どんな意地はってるんだろ。

「もう！　わかったらさっさと行くわよ！」

セレンはそう言いながら、先に進んでいき、ティーナたちは少し遅れてセレンについていった。

（……なんか、風が吹いてるみたいな音がする……）

しばらく進むと、耳に冷たい風が当たるようになった。最初のうちは入口から吹く風だと思っていたんだけれど、進めば進むほど当たる風の強さが強くなっていったから、入口からの風じゃないと気がついた。奥に空洞でもあるのかな。

「なんだろ、この音——」

「ティーナ、止まれ！」

ログは切羽詰まった声で叫び、進もうとするティーナの腕を掴んだ。

「いたっ！　ちょっと、何？」

「足元見ろ」

なんだよもう。と思いながら言われた通り足元を見た。

その瞬間、全身の血の気が引いて、声も出なくなった。

「……崖っぷち」

ティーナが足を踏み入れようとした所には、地面がなかった。ここは崖っぷち。耳に響く風の音は、この断崖絶壁の下から吹いてくる風の音だった。もしもログが止めてくれなかったら……そう思うと胸のあたりがフワッと浮かび血の気が引いた。

「助かった……ありがと、ログ……」

「ちゃんと足元見とけ。セレン、ここで行き止まりになってるぞ。道間違えたんじゃねえか？」

セレンはそう言われ、「いいえ。ここで合ってるわ」と返した。そう聞いて、ログは嫌な予感がした。

ここで合ってる。下からは風が吹いてる。つまり下には空間がある。セレンは響光石の洞窟に行くと言ったのに、今のところ響光石が一つも見えない。

……待て、さすがにソレは嫌だ。

「ジョシュ。ちょっとこっち来てくれる？」

「え？　うん」

セレンは崖っぷちギリギリに立ってジョシュを呼んだ。ログはそのセレンの行動で、自分の嫌な予感が的中してしまったと絶望した。

「悪く思わないでね」

「えっ？　セレンどうし――」

目を丸くして聞くジョシュの言葉を遮るように、セレンは指一本でジョシュをちょん、と押した。

「えっちょ、待って待ってやめて――えあああああああああ!!!!!!!!!!」

ジョシュは悲鳴をあげながら、崖の底へと落っこちていった。ジョシュが悲鳴をあげながら落ちていくと共に、周りの壁がピンク色に光った。ということは、その周りの壁は響光石だということだ。やっぱり、あの下に響光石の洞窟が……

いや、そんなことはどうだっていい。

「ちょっ、ちょっとセレン⁉　なにしてんの⁉」

「なにしてんのって……私たち、今からこの中に落っこちなきゃいけないのよ」

落ちなきゃいけない。落ちなきゃいけない、ねぇ……は？　ここに⁉

「ええええええっ⁉」

「ジョシュはそう言ってもおとなしく落ちると思わなかったからね、先に落ちてもらった」

確かに、ジョシュはおとなしく落ちてくれないと思うし、それは英断だと思う。でも、この中に落ちるなんていきなり言われても……

「無理！　無理だよ！」

そう反対しても、どうせセレンは聞く耳を持っていない。そういう人だ。

「そう、わかった……」

セレンは悪い笑みを浮かべると、ログとティーナの手を取り、自ら崖に転落していった。セレンが落ちていく勢いでティーナたちも崖から足を踏み外し、真っ暗闇の中へ吸い込まれていった。

「いやあああああああ!!」「うわああああっ!!」

試練

「う、ん……？　なん、なの。何が、あったの……」

目が覚めて真っ先に目に入ってきたのは、青く弱々しい光を放つ響光石だった。ティーナは周りの状況を確認するために、ところどころ痛む自分の体を起こした。

「っさむい……」

起きてすぐ冷たい空気が体を刺した。ここは天井まで五十メートルほどの高さがあって、横幅は十数メートルぐらいの空洞。全体的に足元はツルツルしていて、周りの壁やら天井やらは弱々しい青い光を発していたと思ったら、緑色に変わった。つまり、周辺はすべて響光石ということだ。足元には深く積もった雪……にしてはかなり水色っぽいが、それらしいものがあった。

そうだ、確かさっきセレンに突き落とされて……雪（？）のおかげで、少し体が痛む程度で済んだらしい。

立ち上がって迷子にならない程度に周辺を探索した。少し離れた所には地上へと続く穴があって、そこから光なんてものは差し込まず、自分で声でもあげて周りの響光石を照らすしかなかった。

天井には、自分たちが落ちてきた穴と、とても巨大な氷柱があった。

その氷柱は、自分たちが見上げても目視でわかるほどのヒビが入っていて、周囲にも小さい氷柱がある。こんな所で大声をあげたら……そう考えると背筋が凍る。

「みんなは⁉」

数分もすると、落ちる直前までセレンたちと一緒にいたことを思い出す。セレンは自らここに落ちていったので、きっと落っこちても平気だということを知っていた。だから、心配をする必要はない。でも、それでも脳裏に最悪の事態がよぎった。

「ログ、ジョシュ、セレン！　どこ！」

大声をあげると、周りの響光石がそれに共鳴するように黄色く光った。そのおかげで周りがよく見える。

しかし、響光石は数秒ほど強い光を発するとすぐに元の薄暗い状態に戻ってしまった。手探りで三人を探すしかない。ティーナはかがみこみ、目を凝らしながら手探りで三人を探した。

落ちてきた穴はそこまで広いわけじゃないから、きっとすぐ近くにいる。でも、もし周りの雪が赤く染まっていたら……そんな恐怖に怯えながら。

闇を彷徨《さまよ》うティーナの指先に、雪ではない柔らかい布地が触れた。驚いて手をしまった。もう一度、そっと触れてみる。それに沿いながら手を動かしていくと、布でも雪でもない、人の肌に触れた。

「っ！」

触れた部分を慎重に揺する。すると、「うぅ……」と呻き声があがった。この声は、ジョシュだ。

「ジョシュ！　起きて！」

「う、ん……？　ティーナ……？　あれ、なんで……」

ジョシュはゆっくりと目を開けて、ティーナの姿を見た。落ちたショックか、なんでここにいるのかよく覚えていないらしい。

「よかった……大丈夫？　痛いところとかない？」

「え？　うん……あっ、そうだ。僕、セレンから突き落とされたんだ！　え、なんで？　なんで痛くないの⁉　死んだ⁉　僕ら死んじゃってあの世に来ちゃってるの⁉」

自分がなぜこんな所にいるのか知ると、予想していた通りいつものように臆病な叫び声をあげながら起き上がり、ティーナに心配そうな顔で聞く。天井にどでかい氷柱があるから、叫ばないでほしかったのだが……

「死んでない！　ここ現世！」

「じゃあどこ、ここ⁉」

「響光石の洞窟！　もともと、あの穴から落ちなきゃここには来れないってセレンは言ってたから！」

「だとしたっていきなり落とすことはなくない⁉」

「『ジョシュはどうせ聞いてくれないし』って言ってた」

「うん、確かにそりゃそうだけどねぇ！」

「あーしに言われても困るよ。この話は置いといて、セレンとログを探しに行こう」

ほぼ光源がない、真っ暗な洞窟を前にビビり散らかすのはわかるが、今の最優先事項は残りの二人と合流することなので『二人を探しに行こう』となだめた。意外にもすぐに涙目で「わかったよぉ」と言ってくれたので、そこまで手間がかかることはなかった。ジョシュがようやく立ち上がったところで、天井の氷柱を確認する。今のところ、落ちてくるような予兆もないし、ヒビもそこまで広がってない。

「セレンー！　ログー！」

「いなくても返事してよぉーっ！」

光る響光石を利用して、周りをわざと明るくしながら二人の姿を探した。きっとすぐ近くにいるはず、そう信じて胸の中にある「もしも」という不安をもみ消しながら。

「ねぇログ、どこ――」

「ここだよここ」

必死に叫んでいる最中に肩にポンと手を置かれ、恐怖で飛び上がった。なんとか大声を出さないようにしたら、喉を潰された鶏みたいな声が出た。

「ひっ！」

恐怖で自然とカクカクとした動きになりながら、キョロキョロとあたりを見回し、手の主を探した。でも、探そうと体がするより先に「この声は」と頭が先に理解して、ゆっくり後ろを振り返った。

「ログ……」

ログが呆れ顔でティーナを見ていた。珍しく前髪が下りていて、思わずドキリとしてしまった。よかった、無事だったんだね。そう声をかけようとしても、なぜか喉がきつく締め付けられるような気がして、声未満、呼吸以上の音しか出せない。

「そんなに驚くこともねえだろ」

「えっ、あ……そうだね。えっと……その、髪……」

声があまり出てこない代わりに、指で前髪のあたりをさした。すると彼は「髪？」と聞きながら、指さされた前髪を触った。

「……いつのまに」

そう言いながら、ログはいつも通りの髪型に直した。その一連の仕草をなんとなく見ていると、ログは目線をティーナの方に移し、「なんだ？」と聞いた。心臓が高く飛び跳ねる。

（えっ、あれ、見ちゃってたかな？）

「……ログが前髪下ろしてるの、見るの初めてだなぁって」

「あぁ、下ろしてると落ち着かないんだよな。でも癖だし、ほっといても五分くらいで直るんだけどな」

前髪って癖で元の状態に戻るんだっけ？

ティーナは寝ぐせはいつも酷いけど、そこまで髪に癖があるわけじゃなくて、どちらかというとストレートなほうだ。癖って、すごいんだな。

「あっログ君ー！」

ジョシュの楽しげな声が聞こえて、目をやるとピョンピョン跳ねながら両手を振って、こっちへ走ってきているジョシュの姿が目に入った。ここは氷みたいにツルツルしているし、ジョシュが走り始めた時点で二人は彼の数秒後が想像できてしまった。

「ジョシュ、走ったら危な――」

「ふげ！」

ティーナの忠告も虚しく、ジョシュは何もない所で顔から転んで間抜けな声を発した。その声にまるで嫌がらせのように響光石が反応して、あたりが青く光る。地面がツルツルしているせいかジョシュは転んだ状態のままティーナたちの所まで滑ってきて、ティーナたちの所でちょうど止まった。

「……ねぇ、見てるなら助けてくれないかな」

むくりと顔を起こし、不機嫌を隠さない声と顔で言うジョシュの姿に思わず吹き出してしまった。

「あっははは……ちょっおもしろ……っふふっ、くっ……ごめん、ほんとっ……」

思いっきり腹を抱えて笑うティーナの横で、ログは唇を噛みしめて必死に笑いをこらえていた。そんな二人の様子を見ながら「ねえ！　笑わないでよ！」とジョシュは叫ぶ。それすらも面白くて、余計にティーナの腹筋を刺激した。ジョシュは「もぉ」と言いながら起き上がって、腹筋を抱えるティーナの横を通り、ログにセレンの事を聞いた。

「ログ君、セレンのこと知らない？」

「セレン？　ティーナたちと一緒にいたんじゃ……」

ジョシュは、ログとセレンが一緒にいると思っていた。ログは、ティーナたちとセレンが一緒に行動していると思っていた。

でも、違う。どこにもいない。

「じゃあ、セレンはいったいどこに……」

嫌な予感が胸をよぎった。誰もセレンの姿を見ていない。セレン以外の全員、すぐに合流できたのに。

そう考えて数秒後、ティーナがジョシュに声をかけた。

「どうしたの？」

「ねぇ、これ……」

そう言いながら、ティーナは氷のような小刀に似た首飾りを見せた。どこか既視感があるな、そう思った矢先、ログが「これ……」と質問するように言った。

「セレンが着けてたやつだよな？」

「落ちてた。これが落ちてたってことは、近くにいるのかなって探してたんだけど、どこにもいなかった。……なにかあったのかもしれない」

首飾りを握り、ティーナは表情を曇らせた。今にも涙がこぼれそうなほど不安な事を隠し通そうとしたけど、うまくいかなかった。そんなティーナの様子に、ジョシュは何を言ったらいいかわからなくなってしまう。今、自分たちまで弱音を吐いたってどうにもならない。そんなことはわかっているけれど、もしもセレンがどこかへ消えてしまったら、という恐怖と、案内人もいないのに危険な洞窟に取り残されてしまった不安で、なにも声をかけることができない。

「……なにかあったとしても、先に進む以外、やることなんてねえだろ」

ログの言葉に、ティーナたちは黙り込む。

「そもそも、洞窟の事詳しく知っている奴が危険な目にあうことなんてないし、もしそうだったら俺たちもとっくに死んでる。先に進めば、セレンと会えるかもしれないだろ？　セレンはきっと無事だ」

平然と言うログに、ティーナはほんの少しだけ腹が立った。いきなりセレンが消えてしまったというのに、なんで平然としていられるんだ。そこまで、心配じゃないのか？

自分が今彼に抱いている怒りは、他人から見たら「くだらない」ことなんだろう。でも、危険な洞窟に取り残されて、セレンが消えてしまって、平然としていられるログを見ていると、自分が抱いている不安が変な風に見えてくる。

「ねぇ……っ」

〝なんで、心配じゃないの〟そう言おうとして、やめた。

ログの手は震えていた。

「どうした？」

手は震えたままなのに、なんともないみたいな顔をしている。

そうだ、ログだって怖いに決まってる。

「……ううん、なんでもない。先に進もう」

そう頷いて、ティーナは先へ進みだした。

ここから先はなにが起こるかわからない。絶対にログとジョシュの足手まといにだけはならない。

「とりあえず、こっから抜け出す道を探さないとね……」

ここから抜け出さなければ話にならないので、三人で手分けして次に進める道を探すことにした。

ティーナは落ちてきた穴の近くに行って、壁を伝いながら歩いた。こうすればこの空間の大きさがある程度わかるし、すぐに出口が見つかると思ったからだ。

歩いていくと、ティーナの足音に反響して響光石が光が弾けるように眩しく光る。もしもセレンが行方不明じゃなければ心から楽しめる光景なのに。

「おーい、こっちに道あったよー!」

ジョシュの元気な声で、暗い感情を胸の奥にしまい「今行くねー」と返事をした。なぜかログは来ていない。聞こえなかったのだろうか。

ジョシュの方に行くと、響光石の壁の中に、お先真っ暗な細い道が一つあった。きっと、その道の中も響光石があるから真っ暗というわけではないのだろうけど、それにしたって暗い。

コウモリでもいそうだな。

「ジョシュ、あーしたちこの中に入るんだよね」

「うん。……怖そう」

「……なんのこれしき！　ログ連れてくるから、ちょっと待ってて」

そう言って、ログを探しに行った。

「ログー！　どこー！」

あたりが一気に青く光って洞窟の中がよく見えるようになった。すると、そこまで離れていない所にログの姿があった。ログは周りの響光石が光りだしたことに気がつき、ティーナの方を向いた。

「道見つかったってー！」

「わかった」

ログはそう言うと、ティーナの方に走ってきた。

バキィン！

「えっ？」

声を発したのは、どっちだったか。

音の聞こえた天井の方に目をやると、天井にくっついていた氷柱に大きな亀裂が入り、それに呼応《こおう》するように周りの小さな氷柱にも亀裂が入り、先が尖った天然の凶器がログとティーナめがけて真っ逆さまに落っこちてきた。あんなものに刺されたら間違いなく死んでしまう。セレンもいないのにここで怪我を負うなんてことしたら……

そう思うと恐怖と、「迷惑をかけられない」というプレッシャーが足かせになって、体が動かなくなった。そのことに気がつき、自分の足を見ながら、「動け、動け……！」と言う。小さな氷柱がティーナめがけて落っこちてきた。氷柱が空気を切り裂く冷たい音が耳に響いて、逃げなくちゃとは思うのに、恐怖で体が動かない。どんどんと氷柱はティーナに近づいてきて空気を切り裂く音がどんどん追ってくる。心臓がバクバクと鳴っている。足は震えて動かない。

（このままじゃ……っ！）

「危ない!!」

氷柱に体を貫かれる寸前で、ログがティーナを突き飛ばし、ティーナはその場に倒れこむ。耳にザシュッと、肉が切れる音とほんの少しの呻き声が響いた。それと同時に血の匂いがして、眼前の地面に赤色が散る。血だ。怪我をしたと思ったのだけれど、痛みはどこにもない。まさか、そう思い体を起こしてログの方を見る。

「あっ……」

ティーナの前で腕を押さえ込むログ。その腕を伝って血がぽたぽたと地面に滴《したた》り落ちていた。

（あーしを庇ったせいで……！）

ああ、本当に弱いな。

さっき二人の足手まといにだけはならないって決めたのに、さっそくログに怪我をさせてしまっているじゃないか。

自分の弱さに打ちのめされて、目に涙が溜まる。

ふいに、目に留まったのはログに向かって落ちてくる氷柱だった。ログは気がついていない。ジョシュが来たって間に合わない。その前に氷柱が……その先の言葉を想像すると、鳥肌が立って息ができなくなる。なんとかして、自分がログの事を助けなければいけない。

……すると、いきなり世界がゆっくりに見えた。

最初はなにが起こったかわからなかった。ただ、視界に映る世界がいつもよりも色が薄く見えて、音がなにも聞こえなくなって、落ちてくる氷柱も全部が遅く見えた。

『銃声で響光石が割れるかどうか？　大丈夫だと思うけど』

ライフルが使えない自分は無力に等しい。もしも銃声すらも響光石は受け付けなかったら……と心配して、昨日セレンに聞いた。

銃声でも響光石は割れない。これだけ遅かったらログを助ける時間もある。そう思い、ティーナはライフルをかまえて、落ちてくる氷柱めがけて撃った。撃った弾さえもとてもゆっくりに見えた。弾が氷柱に当たって、パリンという音と共に氷柱が弾けてあたりに氷の粒が散らばる。ゆっくりに見えているせいか、響光石の光が氷に反射してあたりがキラキラと見える。見たものにしかわからない極彩色の煌《きら》めきに目を奪われた。

なんだろう。この感覚、どっかで……

そうだ。確か、ショッピングモールに行った時もこんな感じだったっけ。ライオンを倒そうとした時、世界がゆっくりに見えた。

「ティーナ!!」

「っ……」

ログに肩を掴まれると、ゆっくりと見えていた世界が通常の速さに戻り、現実に引き戻された。

「逃げるぞ！」

「うっ、うん！」

ログに手を引かれ、次へ進む一本道の中で「早く！」と待っているジョシュの姿が見えた。

ティーナたちはそこまで走っていき、道の中に入ると力が抜けて、二人そろって顔から転んで、数メートルほど滑った。それと同時に背後から氷柱が幾つも落ちる轟音《ごうおん》が響いて、耳がツンと痛くなる。その轟音が終わるころには滑るのが止まった。耳に残る轟音のせいで耳鳴りが脳の奥に響いて、頭がキーンと痛くなる。しかし、そんな事はそっちのけでティーナはむくりと顔を起こし、倒れこむログをゆっくりと揺らす。自分で聞いてもわかる、震えた声があたりに響いた。ティーナに遅れて、ジョシュもログの方に行く。

「ログ、ログ……！」

それと同時に目に入ったのは、自分たちが滑ってきた後に続く血の跡だ。腕からの出血で死ぬことなんてほとんどない。そんなことはわかっている。でも、数日前、ジョシュが撃たれた時と今の光景が重なってどうしようもなく不安になる。

「いってぇ……」

ログは呻き声をあげ、腕を押さえながら起きた。

「よかったぁ……」

ティーナは安堵のため息を漏らす。ログはすぐに二人の方を向いて、「二人は怪我無いか？」と聞いた。他人の心配より先に自分の心配をしてほしい。そんな文句を言おうとした時、急に体の力が抜けて、視界が真っ暗になっていき、「ガコン」という鈍い音が聞こえた。いったい何が起こったんだ、そう考える前に眠気が襲ってきた。なにも考えられないまま、ティーナは目を閉じた。

「ティーナ⁉　どうしたの⁉」

すぐにジョシュが駆け寄り、倒れこんだティーナの体を起こす。特に外傷はない。ならいったい……

そう思っていると、ティーナが気持ちよさそうな規則正しい寝息を立て始めたので、「なんだ、寝ただけか……」とジョシュとログは顔を見合わせてため息をついた。

「寝てるだけみたいだね……」

「あぁ。なんでこんな、気絶するみたいに……」

そうだ。前にもこんなことがあった。

ショッピングモールで、ティーナがジョシュを守るために一人でライオンを殺した時もだ。

あの時も、気絶するように眠って数日間起きなかった。

全く同じ状況。つまり、ティーナが気絶した理由はあの時と同じという事だ。思い出せ、今回と前回の共通点を。

「……なんか、ぼーっとしてたな」

「ん？　どうかしたの？」

「いや、なんでもない」

ティーナは今回、素早く銃を取り出して、降ってくる氷柱を正確に撃ち抜いた。そして、瞳が赤く光っていた。まるで幽霊でも見るみたいな目をしながら『なにか』を見ていた。いや、『見惚れていた』という言葉のほうが正しいだろう。なにに見惚れていたんだろう。あの時ティーナは、ログやジョシュには見えないなにかを見ていた。それか、そういう風に見えてしまうような感覚だったのかもしれない。

「とりあえず、進まなきゃだよな……ジョシュはティーナの事、背負ってくれないか――」

そう言葉に出し、暗い道に足を踏み入れようとした途端に腕に痛みが走って、思わず叫びそうになる。それをなんとか我慢する代わり、体の力が抜けて倒れこみそうになる。ジョシュに迷惑はかけまい、と壁に寄りかかりそのまま座り込んだ。腕から出てくる血が壁につく。それを見ると、そこまで自分は重傷だったのかと今更気づく。頑張れば動けるけれど、せめて応急処置ぐらいはしたい。

「ログ君！」

心配そうにジョシュが駆け寄ってくる。ティーナも目を覚まさない。唯一頼れる仲間さえも怪我をしているなんて、不安で仕方がないだろう。

ああ、情けない。

「ジョシュ。悪いんだが、包帯かなにか……適当な布でもいいけど、応急処置できるようなもの持ってないか？」

ジョシュは急いで持っていた鞄から白い包帯を取り出した。それを受け取り、自分で応急処置しようとするとそれを取り上げられた。

「怪我してるんだから自分でやろうとしないでよ。僕がやってあげるから」

「別に自分でできるよ」と体を少し起こした時、腕に激痛が走って声にならない悲鳴をあげた。ここまで来ると反論の余地はない、そう諦めて「ごめん」と言ってジョシュに任せた。

ジョシュは不慣れな手つきで包帯を巻いた。数分すると処置が終わって、「サンキュ」と言い、ログは立ち上がった。

「大丈夫なの？」

「あぁ。ここで時間食うわけにはいかない。……早めに出ないと餓死するしな」

「餓死」という言葉に、ジョシュは自分の空腹を自覚した。

ここに落ちてきた時、どれほどの時間気絶していたのかはわからないが、かれこれ最後に食事を取ってから……そういえば、朝ごはんを食べていなかった。どうりでお腹が空いていると思った。

「……そうだね。早く進もうか」

そう言いながら、一応ティーナに「起きてくれ」と声をかけてみる。反応はなし。今度はちょっと揺すってみる。少し眠そうな呻き声があがったか、すぐに寝息が聞こえてきた。どうやら、ティーナはしばらく起きてくれないようだ。

一応自分の力には自信があったし、ティーナやログからたまに「チビゴリラ」と貶《けな》されていたので、ティーナを背負っていくことには全然心配なんてしていなかった。でも、さっきの氷柱といいこの洞窟は危険すぎる。そんな洞窟の中で人一人背負ってビビりな自分がログの足を引っ張らずにいられるかということの方が心配だった。ただでさえ彼は怪我をしているのに。いつもだったら「無理だよぉ」とかっこ悪く愚痴をこぼし駄々をこねていたところだが、こんな状況じゃティーナを背負っていくしか選択肢がない。「ほっ」と反動をつけてティーナを背負った。

「行くか……」

真っ暗な道の中に足を踏み入れると、肌が切り裂かれるような冷たい空気が頬に当たった。

「ログ君は大丈夫？　歩ける？」

「あぁ……結構ザックリいったけど、ゆっくりなら。この程度でくたばってたら生きてけねぇよ」

顔が青いまま腕を押さえているログの姿は痛々しくて、見ていられなかった。「痛いから少し休む」と言うのが普通なのにこの状態で歩くなんて、ジョシュには理解できない。ログにとっては「この程度」かもしれないけれど、この出血量からしてかなり酷い怪我を負っているに違いない。表面が切れたなどという次元ではなく「肉が抉《えぐ》れた」、こっちの方が正しいだろう。

「本当に休まなくていいの？」

「大丈夫だって。休んだってどうにもならないだろ」

休んだってどうにもならない。正論だ。休んで傷が良くなるわけじゃないし、早めに進んだ方が絶対に良い。でも、普通は休みたいと言うだろう。

「……スー、スー」

悩むジョシュの背中で、ティーナは気持ち良さそうに寝息を立てている。そう、とても気持ち良さそうに。

自分たちは苦労してるのに、いいご身分ですね、ホント。自分たちはこんな寒い中君を背負ってるのに、そんな気持ち良さそうなんてね。まったく、とイライラゲージは徐々に溜まっていく。理不尽だとはわかっているので、ぐっと我慢しているが。

「ティーナ、すっげー気持ち良さそうに寝てるな」

どうやらログも同じことを考えていたらしい。

「うん。そうだね」

「なんであんな気絶するみたいに寝たんだろうな……羨ましい」

ログは淡々とした口調でそう言った。しかし、最後の「羨ましい」に今自分たちが感じていることのすべてが詰まっていて、ジョシュは今日何回目かわからないため息をつく。早く起きてくれないかなぁ。

しばらく進むと、細かった道がどんどんと広くなっていった。自分たちを迷い込ませようとしているように感じて気味が悪い。響光石の量も減ってきて、視界が暗くなっていく。心なしか、どんどん道に吸い込まれていく気もする。

「暗くなってきてるね……」

「あぁ。足元気をつけろよ。少し気を抜いてたら死んでました、なんてこともあるからな」

「そんな怖いフラグ立てないでよぉ」

案の定、そのフラグは一瞬で回収された。一秒後、足に「立っている」感覚がなくなったからだ。

「えっ……」

そしてようやく気がついた。

道に引き込まれていくように感じていたのは、ここが急な斜面だったから。立っている感覚が消えたのは、足を滑らせて今自分は宙に浮いているから。

「うわぁっ！」

気を抜いていたせいで、ただでさえツルツルする斜面で足を滑らせてしりもちをつき、そのまま天然の滑り台をジョシュは滑り落ちていった。

「いやあああああ！」

「ちょっ、馬鹿、お前どこ行く――」

滑り落ちていくジョシュを追いかけようとしたが、当然ログも足を滑らせ、ジョシュと同じように滑り落ちていった。

風を切る音が耳に響く。完全に真っ暗になった洞窟にどんどんと吸い込まれていくようで、抵抗しようにもできない。

「ジョシュ！　おい、どこだよ！」

滑りながらもバランスを崩さないようにして、真っ暗闇の中でジョシュの名前を呼ぶ。その声に合わせて周りが光ることはなく、完全に響光石がこの場にはないんだと分かった。

「ここだよおおお！　うわぁ、っちょ、怖っ、やあああああ！」

すぐそばからジョシュの絶叫が聞こえる。響光石さえあれば、この絶叫であたりが明るくなるのに。

ジョシュの背中に乗っかっているティーナは無事だろうか、そう考える暇もない。どこまでも続く天然の滑り台はしばらくすると暗闇に目も慣れてきて、段々とコントロールもできるようになってきた。

「わあああああっ！」

耳元で、どこにいるかもわからないジョシュの楽しそうな声が響く。どうやらスリル満点の絶叫マシンにハマったようだ。ジョシュは運動神経に恵まれているため、今頃楽しく右へ左へとうねっているんだろうな。そんなことが思い浮かんでくる。普段は臆病なのにこういう時は楽しめるとは皮肉なものだ。

一方、ログの今の心情を率直に表すと「怖い」だ。いつ終わるかもわからない死と隣り合わせの滑り台なんて嫌だ。頼むから早く終わってくれ。

そう考えていると、視線のずっと先に光っている空間があるのが見えてきた。そこは弱々しい黄色い光に包まれていて、半径十五メートルほどの空間に、人が一人ギリギリ渡れる狭い氷の橋が一本。「橋がある」つまり橋以外は奈落の底へ落っこちる地獄への入口。

「ジョシュ、前見ろ！」

ジョシュはその一言で前方の空間に気がついたらしい。今の勢いで行っても絶対に落ちる。

「止まれ！　落ちるぞ！」

ログは必死に叫んだ。でも

「大丈夫！」

そう言うとジョシュは黄色く光る空間の中に飛び込んでいった。ジョシュが飛んでいって初めて分かったことは、この滑り台から向こうの地面まで、それなりの高さがあったということだ。ジョシュは飛び込む直前に思いっきり跳んで、滑っていった勢いでそのまま橋がかけられたその向こうの地面まで飛んでいった。

「マジかあいつ……！」

ログも同じように、黄色く光る空間に落ちていく直前で思いっきり踏ん張ってジャンプした。そのまま、ジョシュと同じように橋を渡った先に落っこちていった。頭にガコン、と音が響く。

「ってぇ！」

どうやら壁にぶつかったらしい。痛む頭を抱えながらログは起き上がった。どうやらここはさっきの空間よりもさらに狭く、そして響光石が少ない。少ないとは言っても、一応あるにはあるので完全なる暗闇ではない。起き上がったログの目線の先で、ジョシュはティーナを壁に寄りかからせてログの方に来ていた。

「大丈夫？」

「いや……はぁ、今日は踏んだり蹴ったりだな……」

「ごめんね……」

「いいよ。お前が謝ることじゃないだろ」

そう言いながらも、よくもまぁお前は無傷で済むな、と若干呆れ気味だった。

ふと、ティーナの方に目をやった。ティーナはさっきの衝撃でも起きることはなく、ひたすら気持ち良さそうな寝息を立てていた。

「あれでもまだ起きないのかよ」

「そろそろ心配になってくるなぁ……」

ショッピングモールの時もそうだったけれど、こうなった時のティーナはなにをしても起きない。たとえ蛇やゴキブリが近づこうが、絶対に。

「とりあえず、先に進まなきゃね」、そう言ってジョシュはティーナを背負い、まだ続く道を進み始めた。

(……なんで、氷の橋なんてあったんだ?)

さっきと変わらない真っ暗な道を進み始め、頭の中にふっと湧いたことだった。特になにか考えていたわけではなく、突然そういう疑問が湧いた。

(天然の洞窟にあんな綺麗な形の橋ができるとは思えない。誰かが作ったものか……? となるとこの先には人がいる空間でもあるのか? いやでも、そうだとしたら、あんな危険な道作るかな。一歩間違えば死ぬような、そんな危険な道を……）

そこまで考えて、嫌な予感を感じ取った。

危険な道、人がいる、一歩間違えれば死んでしまう。

「……ジョシュ」

「なに？」

いつも通りの声で、ジョシュは後ろを振り返った。

「この先の道は警戒しててくれ」

「え？　どうして？」

「……俺が考えた仮説の話だよ」

なにを言っているんだろう？　そう思ったけれど、深掘りしてもきっと意味はないと思って、やめた。

しばらく進むと、道に青い光が戻ってきた。どうやらこの先には響光石があるらしい。真っ暗だった視界に光が射して、少し気が抜ける。

「――わああ！　すごい！」

ログより少し先の道を進んでいたジョシュは、無邪気な声をあげながら光の向こう側へ走っていった。今は響光石の光で足元もよく見えるし、走っても転ぶ心配はなさそうだ。走っていくジョシュに追いつこうとせず、ログは歩きながら走るジョシュを微笑ましそうに眺めていた。

「ログ君ログ君！　早く来なよ、すっごく綺麗だよ！」

遠くで、ジョシュの楽しそうな声が聞こえる。「わかったよ」と返事をして、少し足を速めた。

本当に弟みたいな奴だ。年下だけれど、それでもたった一歳差。あんな幼い子供のようにはしゃげるなんて、少し羨ましい。ジョシュの過去を考えたら、そうやって笑えることはとてもいいことなんだけど。

見えたのは、点々と星空のように輝く無数の響光石だった。

ドーム状の少し狭い空間には氷の壁ではなく、ごつごつとした岩の壁があって、響光石がたくさん埋め込まれている。天井から滴り落ちる水の音に反応して、水面に落ちた雫の波が広がっていくように光が天井に広がっていく。

真っ暗な空間の天井に光輝く響光石たちは、夜空に浮かぶ星のようだった。

「珍しく感動してるね」

「はぁ？　なんでそんなこと――」

からかうように言うティーナの声に言い返そうとした時、「え？」と一瞬驚いて固まった。

「ティーナ？　お前いつのまに起きてたんだ？」

「うん。おはよ」

あくびをしながらそう返すティーナの姿は、さっきまでぶっ倒れていた人間とは思えないほど、「いつも通り」の姿だった。その姿を見て、安心よりも先に舌打ちが来た。

「なんでいきなりぶっ倒れた？　こちとらもう二度と起きないかって思ったんだぞ！」

「いや、なんでと言われても……本当にいきなり睡魔が来て……」

たった二秒で人は寝ねーんだよ。能天気に返すティーナにそう言ってやりたくなった。

「あっ、ティーナ！　起きたんだーっ！」

嬉しそうに走ってくるジョシュを見て、そう怒ることはできないなと諦めた。

「よかったぁ、心配したんだよ？　もぉ……」

「ごめんごめん」

いつも通り会話している二人の姿を見ると、さっきまでの怒りもいきなりシュンとしぼんだ。

「ここ綺麗だね。星空みたい」

ティーナは話題を変えるために天井を見上げた。小さなころからナギサと一緒に見てきた星空を洞窟の中でも見れるなんて。

「ログも珍しく結構感動してるしさぁ、ログも星の魅力、わかるようになってきた？」

「いや、だから、なんで……」

口元がふにゃふにゃにやけているティーナに、ログは再度「なんで」と言う。すると、ジョシュの方から「フッ」と吹き出す声が聞こえてきた。

「いやいや、誰が見てもわかるでしょ。目に出てるんだよ、キラキラが」

「うんうん。『わぁ、綺麗だなぁ』って目が言ってた」

「ログ君って、結構顔とか目に出るよね」

「ねー」

二人して楽しく話すので、そこまで本音がすぐ顔に出てしまうタイプかなと少し心配になった。

しばらく気まずくならない沈黙が流れた。皆、この絶景を目に焼き付けているんだと雰囲気でわかった。

「……今は、星だけなんだよね？」

その沈黙を破るように、ジョシュが不安げに言った。どういうことなんだろ、ティーナとログは顔を見合わせた。

「どういうこと？」

ティーナが首を傾げながら聞くと、ジョシュが「だって……」と続けた。

「だって、セレン、『危険な動物や植物』って言ってたでしょ？　まだ、出てきてないよね……？　僕の読みだと、この洞窟結構広いよ？　さすがに今は、そういう危険なものに会いたくないなぁって……」

途端に、話を聞いていた二人の背筋に悪寒が走った。

「やだなぁ、そんなの起こるわけ……」

そう言いながらも、ティーナは不安な気持ちが体に現れて、訳もなく後ずさりしてしまう。

その時、背中にヒヤッと冷たいものが当たった。後ろを振り向くと、そこにはゴツゴツした岩の壁ではない、巨大な氷があった。

「わ、なにこれ……」

なんで他は岩の壁なのに、ここだけ、こんなに大きい氷があるんだろう。と近くに寄って観察してみた。一見、ただの綺麗な大きい氷。でも、近くで見た時気がついてしまった。その氷の中に、氷とほぼ同じぐらいの大きさの「なにか」が氷漬けにされて埋まっていることに。うわぁ、キモい、と思いつつ、怖いもの見たさで氷漬けにされているものをまじまじと見てみた。

黒い体、全体的にモフモフしてる、四肢あり、腹が白っぽい、足には水かき、くちばしあり、ということは鳥。ってこれ……

「え？　なにそれ、ペンギン？」

ティーナの言葉に、何も知らないジョシュは首を傾げた。ティーナも実はペンギンのことはそこまで詳しく知らない。すると、ログが説明してくれた。

「ペンギンっつーのは、飛べない代わりに泳げる鳥。普段は南極に生息していて、魚を食べているおとなしい奴。普通はこんなにでかくないし、気味悪くないんだが……」

「へぇ、ログ君、詳しいね」

「えっ、あぁ……ティーナに聞いた」

「あーし、そんなこと言ったっけ？」

「……言ってた。忘れたのかよ？」

（あーしが言ってたんだっけ？　記憶力は人一倍いいはずなんだけどな……普通はここまで気味悪くないんだっけ？……いや、だいたいの猛獣や動物の出どころは動物園。ペンギンたちが動物園から脱走して、この洞窟に入った。それで、この洞窟で生き抜くための独自の進化を遂げていったとしたら……）

そこまで考えて、大切なのは「なぜ？」じゃないことに気がついた。

こんなものが襲い掛かってきたらひとたまりもない。早くここから逃げ出さなくては。それを二人に伝えると、二人とも次へ進む道を探してくれた。

しかし、十分経っても「次の部屋」へ行くルートが見つからない。響光石で周りを照らしても、見つからなかった。

……って、え？「次の部屋へ行くルート」？

ティーナは、明らかにおかしいこの洞窟の違和感に気づいた。

（いやいやいや、おかしいでしょ。普通の洞窟で部屋が分かれてて、そこへつながる道があるなんて。しかもその部屋ごとにまるで試練みたいな危険なことが、毎回……）

試練、次の部屋、ルートが決まってる。まるで罠。もしかしたら、先へ進めば進むほど、どんどんと……

バキ、バキ……

「え？」

突如、空間に響いた音が、巨大なペンギンが氷漬けにされてあった氷が割れる音だと、ティーナたちは直感的にわかった。近づいてはいけない、そうはわかっているのにあの氷がどうなっているのか気になって、結局全員割れかけている氷の方へ行ってしまう。

「や、やばいよ、このままじゃ、中のポンギンだかパンギンだかが僕たちの事をむしゃむしゃ食べて……ひえええええっ！」

最悪の事態を想定して悲鳴をあげるジョシュに、ログは「っるさい！」と一喝入れる。

「氷漬けにされてた動物が生きてるわけねえだろうが。あと、ペンギンな。名前」

「そ、そっか……」

氷漬けにされている「動物が」生きているわけがない。それは確かにそうだ、と一安心。しかし、その間にもどんどんと氷は溶けて割れていっている。四割ほど溶けた時、凍っていたペンギンの目が一瞬赤く光ったように見えた。

（え、光って……？　いや、そんな訳……）

そんな訳ないと心では思いつつ、どんどんと溶けていく氷を見ていると、もしかしたらペンギンが襲い掛かってくるんじゃないかと思ってしまう。

そう思っていた矢先、ペンギンの目がもう一度赤く光って、凍って動かなくなっていた首が錆びたロボットのようなぎこちない動きで、ティーナたちの方を向いた。氷の溶ける速度はどんどん速くなり、このままではあと数秒でペンギンが解凍されてしまう。

「やばい、逃げよう！」

ティーナがそう言った時にはペンギンの体からは氷がなくなっていた。ペンギンは自由に動き出し、地面に腹を付け、ティーナたちの方へくちばしを向けた。そして、そのまま地面を滑るようにして刃のようなくちばしを、少し動きが遅れているジョシュに突き刺そうとした。

「グアアアアア‼」

「うわっ、ちょ……‼」

ペンギンにあるまじき奇声と共に、自身を突き刺そうとしてくるくちばしを、ジョシュはすんでのところで避けた。あと一ミリでもずれていたら確実に大怪我をしていたような鋭利な凶器に息をのむ。ペンギンはそのまま壁に激突し、くちばしが硬い岩の壁にいとも容易《たやす》く刺さった。そこから亀裂が入り、時差で岩の壁がボロボロと崩れてきた。突撃してこの威力、これは一撃食らったら即死だと全員が理解した。

ジョシュが急いで逃げようとした時、ペンギンが突き刺した所から壁が崩れ落ち、次の部屋へ進む道が出てきた。やはりこの洞窟は、人工的に……

「ギィィ……!!」

ペンギンはくちばしを壁に突き刺したまま、瞳孔だけ動かしてジョシュの動きを追った。それでようやく、横に怪物がいることを思い出し、ジョシュは二人に大声で「道があった！　でもこいつがふさいでる！」と伝えた。

「えぇ!?　じゃあ、あーしがあいつの標的になる！　またさっきみたいに壁に突き刺さって動けないところを二人が横から攻撃して！」

「わかった！」「オッケー！」

ペンギンは壁に刺さったくちばしを無理やり引き抜き、次の標的を探していた。隙をみせたペンギンにティーナは銃を向け、ヘッドショットを狙った。しかし、悲しいことにペンギンはモフモフしているくせに体が硬いようで、弾丸が通らず、石を投げられたぐらいにしか思っていないようだ。ペンギンは銃を向けてきたティーナをターゲットにした。

「こっちだ！　バーカ!!」

煽るとペンギンの殺意はティーナに向き、ティーナは全速力でペンギンが破壊した道を走り抜けた。道を走り抜けていく背後から、ペンギンが近づいてくる音と共に道が崩れ、瓦礫が落ちていく。あんな巨体がこんな狭い道を通れるわけがないと思ってここから逃げようと思ったけれど、力ずくでも進むつもりだ。道を抜けた時、段差があって危うく転びそうになった。それと同時に、足に冷たい感覚を感じ、足元を見た。

「水……?」

道の先に見えたのは、響光石で覆われた空間に、膝丈まで浸かる水に浮かぶ睡蓮の葉。天井からはぽたぽたと水が滴り落ちて、ぴちゃぴちゃと不規則不気味な音を立てている。

戸惑っているうちにペンギンは文字通り目と鼻の先まで来ていて、自分を突き刺そうとしてくるくちばしを、ティーナは水の中に倒れこみ躱《かわ》そうとした。しかし、どういうわけか体が勝手に動いて倒れこむのではなく、そのまま手をついてバク転。誰しも一度は憧れたことがあるかっこいい躱し方に、ティーナは逆に恐怖を感じた。おかしい、自分はこんな動きできないはずなのに。

「なんなの、これ……」

突如ぐぐんと上がった自分の運動能力に戸惑いながらも、ならこの力をありがたく使わせてもらおうと、戦闘態勢に入った。ペンギンは滑ったのが水の中だからか、すぐに起き上がった。ペンギンは滑って起き上がろうとする時、一瞬の隙が生まれる。攻撃をするならここしかない。でも、さっき攻撃した時は、「いつも使っている銃」でも攻撃が通らなかった。

（……ナギサから貰った銃じゃだめ。なら……）

ティーナは、リベドルトから奪ったもう一つの銃を手にした。この銃は、ジョシュを撃ったもの。肩を撃っただけで失血で死にそうになるほどの威力。この銃なら、もしかしたら……


二日前。セレンの家に泊めてもらっていた時のことだ。

セレンはジョシュの様子を見てくる、と、部屋を出ていった。セレンがいない中、一人ティーナは、殺めてしまったリベドルトの人間が使っていた銃の性能を確かめていた。

この銃はティーナが使っているライフルに比べたら銃身が短くて、片手で持てる大きさだった。確か、ナギサはこういう銃の事を「アサルトライフル」と言っていた。

この銃にはナイフもついていて、所謂《いわゆる》、銃剣になっていた。

肩を撃っただけで失血死しそうになるほどの威力をもつこの銃には、なにか加工がされてあるのかも、と見ていたとき、ティーナはとんでもないことに気がついた。

『装填口がない』

装填口というのは、銃に弾を込める部位のことで、これがないと弾を込められない。つまり、撃てないのだ。

だというのに、この銃でジョシュは撃たれた。もしかしてこれって、弾を込めなくても撃てるのか？

（嘘でしょ、リベドルトはこんなものまで作れるの？）

ティーナが使っているライフルは、いつか弾切れで使えなくなる。これがあれば非常にありがたい。


ペンギンが起き上がり、ティーナの方を向いた瞬間に、ペンギンの頭を撃った。ペンギンの頭から血は流れなかったけれど、大きな悲鳴を上げている。これなら勝てる。

そのタイミングで、残りの二人も来た。よし、もう一度こいつを壁に激突させれば……

（……いや、だめだ。響光石は物理的な衝撃にも弱い！）

壁にぶつけるのがだめならどうする？　あの攻撃を止める方法がほかにあるのか？

「――一か八か、やってみるか」

覚悟を決めて、ティーナは再度ペンギンの標的になった。壁際まで走っていき、そのまま動かないでいると、ペンギンは腹を地につけ、攻撃を仕掛けようとしてきた。そのまま地面を蹴り、ペンギンは目でギリギリ追えるほどの速さで激突してきた。それでも一向に動こうとしないティーナに、ログよりも先にジョシュが声を荒げた。

「なにやってんの⁉　早く逃げて‼」

それでも逃げようとしないティーナに痺れを切らし、ジョシュたちは助けに行こうと走り出した。

「大丈夫だよ！」

「はぁ⁉」

助けようとしている二人に、大丈夫だと言うと二人は驚いて動きを止めた。その隙に銃を構え、ペンギンの両目に照準を合わせた。あと数秒でペンギンに殺されてしまう。早く撃って、こいつの動きを止めなければいけない。その状況で必然的に起こるはずの緊張やプレッシャーはどこにもない。ティーナは無意識に近い感覚で照準を合わせ、まずは右目を撃ち抜いた。ペンギンはその痛みに悲鳴をあげながら突進してくる。痛みをこらえながら敵を攻撃しようとしている姿に罪悪感も覚えたが、同情している暇はないと、左目に照準を合わせ容赦なく撃ち抜いた。すると、悲鳴はさっきよりも悲痛な断末魔となり、視界がなくなったことと痛みのパニックのせいでペンギンは減速。壁に激突する直前で止まった。

「今だ!!」

ログとジョシュは一斉に倒れこむペンギンの側面を切り付けた。

しかし、ペンギンの体からは血が流れない。傷はついているはずなのに。

「嘘だろ……」

そう考えていると、まだ息の根があるペンギンの瞳孔がログとジョシュに向いた。ペンギンがこの状態からまたあの攻撃を繰り出すことは不可能。だけれど、それ以外にも攻撃手段はあるはずだ。

次の攻撃が来る前に逃げようとした時、ティーナがペンギンから遠ざかって走っていくのが見えた。普通なら逃げているように見えるが、なぜか二人の目にはティーナが次の策を考えているように見える。そして、次の瞬間――

「なっ⁉」

ティーナは地面を蹴り、走り高跳びのようなポーズで高く飛んだ。宙に浮いている間に銃の横についていたレバーを引き、ナイフを出した。そして、そのまま倒れたペンギンの真上まで飛び、ペンギンの上に乗っかる直前、ナイフでペンギンの胴体に突き刺した。しかし、かっこつけて飛んだはいいものの、ティーナは受け身が取れずペンギンの背中に落っこちて「ふげ！」と間抜けな悲鳴をあげた。

いつも射撃ばかりで、接近戦に乏しい少女が、いきなり超人的な身体能力で怪物を倒した。誰も考えつかなかった展開に、まぶしい光がまだ目に残ってチカチカしているようだった。

「ってててて……」

頭を抱えながら起き上がると、地面がもぞもぞ動いているような感触を受け、恐る恐る倒れていたペンギンの体を見た。ペンギンの体はもこもこと膨れ上がっている。もう死んだからなのか、最後の抵抗なのか、どっちみちこのままだとやばいということだけはわかった。ペンギンの体がもぞもぞ動いて、バランスが取りにくい。とても走りにくいが、早く逃げないと死んでしまうかもしれないという恐怖がティーナの背中を後押しして、転びそうになりながらも、ペンギンの背中の上から飛び降りた。その時躓《つまず》きそうになって、「うわああ！」と悲鳴をあげながら水面に顔からダイブしそうになる。でも、ジョシュが落っこちる前に受け止めてくれたのでなんとか怪我せずに済んだ。

「おっととと……ありがとうジョシュ！　助かったよ！」

「どーいたしまして」

にこにこ会話をするティーナたちに、ログが焦って「にこにこしてる場合か！　もうすぐあいつ多分爆発するぞ！」と言い、ティーナたちは顔を見合わせ急いでペンギンから離れた。

ペンギンは断末魔のような爆発音と共に跡形もなく消え去った。爆発四散したペンギンの残骸の周囲には、金属のような破片が散乱していた。ペンギンの体から、金属なんて……。

しばらくすると、ペンギンの体から散らばった金属が水の中に全て落ちた。ティーナはその金属を拾い上げて、二人に「ねぇ」と話しかけた。

「おかしいよね？　生き物の体から金属が出てくるなんて」

「ああ。……多分、そいつは生物じゃない」

ログも、ティーナが予想していた通りのことを言った。しかし、ジョシュはそんなこと考えていなかったようで、「どういうこと？」と聞いた。

「どんだけペンギンに傷つけても、血が全く流れなかったでしょ？　それに、体の中から金属が出てきた。それはもともとペンギンが生きているものじゃなくて、『ロボット』だからなんだよ」

ティーナの言葉に、ジョシュは首を傾げる。

「え？」

「ロボットなんて作れる組織、今この世界には一つ。リベドルトしかいない。あのロボットはリベドルトが作ったもので、遠隔操作でもしたのか、ロボット自身の意思か……どちらにせよ、リベドルトに狙われてるんだよ。この洞窟に入った時点で。落ちてきた氷柱も、このペンギンも全部トラップだと思うよ」

「そんな……」

ティーナの言葉に、ジョシュは肩を落とす。リベドルトに狙われてる、常人でも恐怖を感じるこの状況に、ただでさえビビりなジョシュが悲鳴をあげないはずがない。むしろ、コミカルな悲鳴をあげてこの空気を軽くしてほしい。

しかし、ジョシュはティーナたちが予想していなかったことを言った。

「それって……セレンが無事かどうかも、わからないってこと?」

「!」

不安げにそういうジョシュの姿に、ティーナまで暗くなってしまった。

あんなに自分たちに優しくしてくれた、姉のような人が、リベドルトに攫《さら》われたかもしれない。もともとセレンはリベドルトに狙われていると言っていたし、もしかしたら……

「――どうしよう」

普段のティーナからは考えられないほど弱々しい声で言うので、唯一ネガティブになっていなかったログが「どうしようもこうしようもないだろ」と言った。

「どうしよう、なんて言ったって、この洞窟を抜けるしかやることはないだろ。ここで弱気になって進むペースが遅くなったらセレンと会えなくなるかもしれない。……たとえ、リベドルトに捕まってたとしても助け出せばいいだけだ。もともと、俺たちはリベドルトに殴り込みに行くような目的で旅してるんだからな。へこたれんなよ」

一見冷たく聞こえるログの言葉は、ティーナたちにとっては励ましているように聞こえた。ログは素直に本心を言わないところがあるから、人を励ます時だって、素直じゃない。今の言葉を訳すと、『セレンは絶対に助け出す。だから、元気出そう？』だ。

「フフ」「えへへ」

「は？　なんで二人とも笑ってんだよ」

「いや、ログ語って難しいなぁって」

「なんだよ？　その意味不明な言語……」

ティーナはまたいつも通りの笑顔に戻って、「それじゃあ、先に進もうか」と言った。

そう言ったはいいものの、そろそろ空腹ゲージが限界に近づいてきている。

「……お腹減ったね」

「そうだな……」

「もぉやだぁ……なんなのぉ？　お腹は空くし、危ないロボットは出てくるし、氷柱は落ちてくるし……僕、もう帰りたいよぉ……」

聞きなれたジョシュの弱音が、ティーナたちにかなり刺さった。二人ともジョシュのように弱音を吐きたいところを我慢しているけれど、いざ仲間が自分たちの感情を代弁してしまうと、自分たちまで感化されてしまう。

「あっ……そうだ、あーしセレンに貰ったドライフルーツならあるよ？」

「本当!?　食べ物あるの!?　もおお、早く言ってよぉ、そういうことはっ！」

「ドライフルーツ……ドライ……か。でも、あるだけありがたいな」

これが水分多めのフルーツだったらさらに良かったけれど、少しでもこの空腹が和らぐのならもうなんだって食べられる。ティーナはバッグの中から、紙袋に入った、思っていた五倍は少なかったドライフルーツを取り出した。少ない、っていうよりもはや一切れだな。

「ティーナ？　どうして、こんなに少ないのかな？」

ジョシュに穏やかな口調で聞かれて、ティーナは「うっ」と呻き声をあげた。

「……セレンに貰った時、『えっ、いいの？　もう食べていい？　ありがとう！』って、ほとんど食べちゃったんだよね」

うつむくティーナの耳に、ジョシュとログの残念そうなため息が聞こえてきた。それが余計に空腹と疲労で沈みつつあるティーナの心をぐさぐさと痛めつけてくる。

「ちゅうちゅう」

「え？」「は？」「ん？」

いきなり可愛らしい声が聞こえた。ちゅうちゅう、ということは、ネズミか。そう思いながら声のする方を見ると、ジョシュの肩には、痩せこけて今にも空腹で死にそうなネズミが乗っかっていた。まるであーしたちみたいだね、と言葉を発する直前に、ティーナはネズミの目的がわかってしまった。ネズミが見ているのは、ティーナが持っている一切れのドライフルーツ。ネズミサイズでは、腹がいっぱいになるごちそうだ。全員、ネズミがティーナたちにとって唯一の食料を欲していることに頭を抱えた。今にも死にそうなこのネズミに、唯一の食料を分け与えればこのネズミは助かるだろう。しかし、これをあげてしまったらもう食べ物が……

「……ちゅう？」

「くうっ……!!!!」

ネズミはごちそうを持つティーナに、「それ、くれませんか?」と聞くように弱々しく鳴いた。本当に、蚊のまつげが落っこちるような小さい声で。死にそうになりながらそんなことを動物に言われたら、「あげない」なんて選択肢、なくなってしまうじゃないか。その目には弱いんだよ。

ティーナは二人に目で「あげていい?」と確認を取った。ログもジョシュも、沈痛な表情でこくりと小さく頷いた。確認が取れたので、ジョシュの肩からネズミを下ろし、地面に置いたドライフルーツの上にネズミを乗せた。今にも死にそうな表情をしていたネズミが、食料が目の前にあると知ると、目をあからさまにキラキラ輝かせてティーナたちの方を見たり、ドライフルーツを見たりした。「えっ、いいの⁉ ほんとに貰っちゃっていいの⁉」と確認しているようだったので、「どうぞ」と言った。次の瞬間ネズミはものすごい勢いでドライフルーツにがっついて、幸せそうにバクバクとドライフルーツを食べた。その姿を見てると、なんだかこちらまで幸せな気分になった。

「いいことしたね。こんな洞窟の中じゃ、フルーツなんて手に入りそうにないから、ネズミにとっちゃご馳走だよ」

「ごちそう……」

ティーナの言った「ご馳走」という言葉に、ログたちはネズミにどんどん食べられていく、自分たちが食べるはずだったものを見ながらそう呟いた。

「ごめん、あーしが悪かった。忘れて……」

しかし、どうしよう。もう本当に食料がなくなってしまった。セレン曰く、「水も食料も手に入らない」らしいから、このままじゃ本当に死んでしまう。頭もふらふらしてきた。

「あっ、あれってもしかして林檎じゃない？」

嬉しそうに声をあげたのはジョシュだった。食べ物の存在にティーナとログはジョシュの方をすごい勢いで振り向いた。ジョシュは目の前にある木を指さした。

「ほらあそこ、あれどう見ても林檎だよね？」

指さされた方向にあったのは水の中で根がぐにゃぐにゃといろんな方向に折れ曲がっている細い木だった。その木の葉はどことなく青っぽく見えて、一瞬違和感を持った。でも、その木についた真っ赤な林檎を見て、その違和感は吹き飛んだ。

「よかった、ちゃんと食べられるものあったな……」

そう言い、ログは林檎の木の方へ行った。それに続いてあとの二人も今にも倒れそうな体に鞭打って、林檎の木の方へ歩いていった。

背の低い林檎の木は、背伸びしなくても果実が取れた。慎重に林檎を木から切り離すと、水の中に落っこちそうになって慌てて手に抱えた。林檎はおいしそうな赤色をしている。水分をたくさん含んでいるフルーツなので、同時に水分も摂取できる。皆の気が抜けている時、ティーナは何気なく向いた方向に咲く黒い花に目が留まった。黒い花はパッと見た感じは睡蓮のような見た目をしていて、周りにそれらしい葉が浮かんでいる。

（おかしいな、黒い睡蓮なんて存在しないはずなのに……）

『黒い睡蓮みたいな見た目の花はね――』

ナギサに教えてもらったあの花の名前を思い出し、ティーナは咄嗟に「食べるな」と叫ぼうとした。

「ヂュウ！」

突然、さっき助けたネズミが、まるで敵に威嚇するかのように鳴いた。ログが「なんだよ？」とネズミを見ると、ネズミはログによじ登ろうとした。

「あー、もう。なんだよいったい」

ログがネズミに手を差し出すと、ネズミはすたすたとログの肩までよじ登り、そして、手に乗っかっている林檎を落とそうとしてきた。ネズミ一匹の体当たりで人の手に乗る林檎を落とせる訳がなかったが、あまりにもしつこいのでログはネズミをつまみ上げてジョシュの肩に乗っけた。

「こいつ、なにがしたいんだよ」

「さぁ……ログ君が嫌われちゃっただけじゃないかな」

「うるせえ。それじゃあ、早く食べ――」

「食べないで!!」

ティーナが林檎を奪い取ると、二人は目を丸くした。ログは呆れた様子でティーナに聞いた。

「お前まで……いったいこれの何がダメなんだよ?」

「あそこ、見て」

ティーナは黒い睡蓮を指さした。黒、というと禍々《まがまが》しいイメージがあるだろうが、あの黒い睡蓮はドレスのようにひらひらと可憐な見た目をしている。しかし、見た目だけだ。

「あー……『ラヴァーテ』か……」

冷汗をかきながら残念そうにログはそう言った。ティーナもログもあの花の名前を知っているのに、自分だけ知らない。そのことに不安になって、ジョシュはティーナにラヴァーテってなに？　と聞いた。

「あの花は睡蓮みたいに見えるけど、『ラヴァーテ』っていう水溶性の高い毒を持つ花でね、その力は一帯を毒地に変えちゃうほどなんだ。つまり、今この池にはラヴァーテの毒が溶け込んでる。その毒水をたっぷり吸い込んだ林檎を食べたらどうなるかなんて……想像できるでしょ」

その話をすると、途端にジョシュは真っ青な顔になった。あと数秒止めるのが遅れていたら、危うく死んでいたところだ。ジョシュは自身の肩に乗っかったネズミに「ありがとう」と言いながら優しく撫でた。ネズミは心地良さそうだ。

「たくさんのトラップに引っかかって、空腹と疲労困憊の侵入者に毒林檎を与える、か……随分とまぁ、えぐいことするな」

ログはあまりのショックに場違いな笑いをこぼした。もうこんなの、笑うしかない。

はっきりした。リベドルトは、完全に自分たちを抹殺しようとしている。ただでさえ死にかかって空腹で、心身共に疲労しきった侵入者に「はいどうぞ」って差し伸べた救いの手が毒って、あんまりだろ。

明らかにこちらを殺す気満々のトラップに、さすがのログも気落ちする。だけど、自分はもっと大きな絶望にぶち当たったことがあるし、なんなら今、餓死宣告を受けている最中だ。仲間がいる以上、ここで弱音は吐けない。

「ちゅう?」

ネズミがいきなり頭に登ってきて、「大丈夫?」と聞くように鳴いた。誰に聞いたかもう忘れたけれど、動物はどうやら心のケアにとても有効らしい。ネズミが犬やら猫やらの「ザ・癒し系」に入るかどうかわからないけれど、それでも落ち込んだ心に純粋なネズミの声はじんわり温かく染み渡った。

「ありがとな。おかげで助かった」

そう言うと、ネズミは嬉しそうに鳴いた。ちょっと、可愛いかもしれない。

「ネズミの恩返し、ってやつだね」

ログの頭の上に乗っかったネズミを撫でながら、ティーナが可愛いがるように言った。ログは笑みを浮かべながら言い返した。

「うまいこと言ったみたいな顔すんなよ。鶴だろ鶴」

「ネズミ？　鶴？……の恩返しってなに？……それよりどうする？　本当に食べ物無くなっちゃったよ？」

ジョシュの一言で、アニマルセラピーで忘れかけていた現状を思い出した。

「……進むしか、ないでしょ」

「だね……」

結局のところ、この危険極まりない道を進む以外、選択肢はない。

少し休めたので、よいしょ、と体を起こすと、落っこちそうになったネズミはティーナの頭に飛び移った。それにびっくりしてバランスを崩しそうになったが、なんとか踏みとどまった。ネズミは頭から肩へと移り、そのまま居座った。

「ついてくるつもりなの？　こっから先は危険だよ？　ここにはもう戻れないと思う」

構わない、というようにネズミはちゅうちゅうと鳴いた。

毒のあるこの寒い環境は、ネズミにとっていいものとは言えない。運が良ければこの洞窟を抜け出して、彼を少しはいい場所に住まわしてあげることもできる。これから起こるであろう危険を考慮したらいい判断だとは言えないだろうが、ネズミの純粋な好意を無下にはしたくない。

「わかったよ。じゃあ、これからもよろしくね」

ネズミは元気にチュッと鳴いた。その様子を見て、心にキューピットの矢がトスッと刺さったような衝撃が走った。ネズミは本来害獣に分類される動物だけれど、可愛すぎるだろ、これは。二人もそう思ったのか、ジョシュが近づいてきてネズミの頭をそっと撫でた。ネズミはうたた寝をするような顔で「ちゅう」と鳴く。それを見ながら、ログも近づいてきて、そっと撫でようとした。

「ヂューッ‼」

だが、ネズミはログが近づいてきた途端にキッと目を吊り上げてログから逃げ、ティーナの肩に乗っかった。今回は、毒林檎を食べるなという警告でもなんでもない。ただ、ログが嫌われただけだ。

そういえば、何か月か前に助けた猫にも嫌われていたな、とティーナは思い出す。どうやら、彼は動物に嫌われてしまう人間らしい。

「どんまい、ログ君」

心底同情しているよ、というようにジョシュがログの肩に手を置く。だが、その顔は少しにやけている。

「……お前なぁ！」

そう言って、ログはジョシュのことをひじで小突く。真面目に痛そうだったが、ジョシュは笑いながら「ごめんごめん。面白くて」と余計に苛つかせるようなことを言っていた。

「ふふふ、本当、馬鹿みたいね」

セレンも口元を押さえてお上品に笑っている。楽しげな声に、ティーナも「だよね」と返した。

「だよね、セレ――――え？」

横にいるセレンを見ると目が合って、どうかしたのかと聞くように首を傾げた。その時、ようやく思い出した。セレンはさっきまで行方不明になっていたことに。

「セレン⁉　大丈夫？　どこに行ってたの⁉」

驚いて大声を出すと、皆驚いて耳をふさいだ。ティーナが言ったおかげで、ログ達もセレンがすぐ近くにいたことに気がついた。全員から怪訝な顔で見られたので、セレンも同じ顔をして「なによ」と返した。

「起きた時あんた達がいなかったから、先に行っちゃったのかなって思って先に進んだのよ。でも誰もいないし、おかしいなと思って引き返そうとしたらあんた達がいたってわけ」

「本当⁉　リベドルトに嫌なことされてない⁉」

ジョシュが心配そうに叫ぶとセレンは耳をふさいで「うるさいな」と態度に出す。

「リベドルト？　いいえ、嫌なこともなにも、捕まってすらいないわよ。ごめん、心配かけちゃって」

傷一つついていない元気そうなセレンを見ると、安心して膝から崩れ落ちそうになった。慌ててセレンがティーナを抱きかかえた。

「大丈夫？」

「あぁ、うん……ごめん。安心して、力抜けちゃって……」

そう言った途端、セレンは目を見開いた。まるで信じられないとでもいった様子なので、なにかおかしなことを言ってしまったのかと不安になった。もしかして疲労で呂律《ろれつ》が回っていなくて、変な言葉を言ってしまったかもしれない。もしそうだとしたら、今ここにいる全員から、変な目で見られているんじゃ……⁉

「――そこまで、心配してくれてたの？」

その言葉でちゃんと言ったことが伝わっていたのはわかったけれど、予想外の言葉で疑問の声をあげることも忘れてしまった。

なんで、そんな信じらんないみたいな顔で言うの？　当たり前のことでしょう？

「当たり前だろ」

今までずっと会話を無言で聞いていたログが、初めて口を開けた。驚いた、というほどではないけど皆なぜか口を閉ざしてしまった。

「仲間の心配してなにがおかしい？」

ログはティーナが言おうと思っていたことを全て代弁してしまった。本当はあーしが言いたかったのに……

「……そうね。まぁ、心配するわよね！　この私が行方不明に、なんて知ったらそりゃあ誰でも不安になっちゃうわよね！」

どや顔、そして自信満々の顔に戻ったセレンを見て、安心した。本当にいつも通りのセレンだ。

「お腹減ってるみたいだから……はい、これ」

そう言ってセレンが差し出してきたのは、銀紙で包まれた長方形の薄い物体だった。

「これなに？」

「チョコレート。食べると元気出るわよ」

チョコレート、確かナギサに聞いたこともあったような、なかったような。ありがとう、と言いながらセレンからチョコレートを受け取った。銀紙を破くと、とてもおいしそうな甘い匂いがして、まだ食べてもいないのにほっぺたがとろけて落ちそうになった。チョコレートと呼ばれる甘い物体は、茶色くて色だけ見たらそこまでおいしそうには見えない。でも匂いが「これ、おいしいんだぜ？」と誘ってくる。表面に十等分ぐらいにチョコレートを分けている線のようなものがあって、それを見ると、なんとなくパキパキ割ることができそうな感じがした。みんなで一緒に食べたいので、チョコレートに少し力を入れると、線に沿って綺麗に折れた。これなら四人で綺麗に食べられる。

「どーぞ」

四等分にしたチョコをみんなにそれぞれ渡した。セレン以外は害のないものなのか若干疑っていたので、仕方ないなと思って、毒味もかねてチョコにかぶりついた。

「――っおいっしい!!」

口の中に広がる甘い風味と歯が溶けそうになる劇薬レベルの甘さに、ティーナは声をあげた。空腹だったというのもあるが、これは甘い。本気で涙が出てきそうだ。ティーナがあまりにもおいしそうな顔をしながら食べているので、ジョシュとログの警戒心も緩んで、二人は同じタイミングでチョコレートを食べた。

「おいしいっ！　すっごい甘いよこれ！」

「すげぇ甘い……チョコってこんな甘かったっけ……」

反応は想像に難くなく、たちまち顔に生気が戻ってきた。ジョシュは満面の笑み、ログはすごくキラキラした目でチョコレートをバクバク食べている。

「マジで頬落ちるレベルだな……」

皆がチョコを食べ終わると、セレンは「そのままじっとしててね」と言いながら、ティーナたちから離れた場所へ歩いていった。

「セレン？　どうかしたの？」

「大丈夫よ。あんまり怖くないように、すぐ終わらせてあげるから」

友達と雑談をするようなノリで言われた、「すぐ終わらせる」という言葉。理解するまで時間がかかった。他二人も動揺していて、ジョシュが心配そうにセレンに聞く。

「セレン、いったいなにを……」

セレンが、こっちを振り向いた。それに合わせてスカートと髪が靡《なび》いて、青空のように見えた。見えていたはずなのに。

セレンは暗雲のような、暗い瞳でティーナたちを見つめ、「ふふ」と妖艶な笑い声を響かせながら口元を歪ませた。

初めて、セレンのことを怖いと思った。だって、セレンはおしゃれを教えてくれて、ジョシュを助けてくれて、仲良くしてくれた。お姉ちゃんみたいで、もう仲間同然だとも思っていた。そうでしょう？　セレン、あなたはそういう人でしょう？　なのに……

（なんでそんな顔するの……？）

「どうしたの？　なんで、そんなこと――」

「動くな!!!!」

いきなり男の人の怒鳴り声が聞こえたと思ったら、腕と口を押さえられて身動きができなくなった。

前にいるだけでも、黒いコートを羽織り、銃を持った人間が五人。ログとジョシュも捕まっている。

（なにこれ、いったいどういうこと……!?）

突如現れた黒いコートを着た人間たち、おそらくはリベドルトだろう。まるで敵のような顔をするセレン。どうして……そう考えている最中セレンがティーナのそばから離れて、黒いコートを着た人間たちの方へ歩いていった。

「離して……っ!!」

ティーナは自分の体を押さえつけている男の腕を、必死にどかそうとした。

だが、その瞬間、目の前が歪んで頭がぐらぐらと回る感覚に襲われた。目の前にいるセレンがどういう表情をしているか見えない。耳に聞こえてくる音は全てこもっているようで、自分がなにに触れているのかすらわからない。

「さっきのチョコレート、なにも仕込んでないと思った?『メタシルトリオン』っていう成分があるんだけれどね、人間が摂取すると気を失うのよ。簡単に言えば、睡眠薬ってとこかしら。それをチョコレートに混ぜたのよ。あなたたちはじきに眠るわ。大丈夫、そのあいだに全部終わるわ」

すらすらと、ティーナ達の知らない言葉を話すセレンの顔は、歪んでいた。

「ウドラ村の生き残りの少年、第五支部長・月見里《やまなし》晴仁《はるひと》の息子、そして……」

セレンは、ジョシュとログを順番に見た後、ティーナの方に視線を戻す。そして、まるで人の名前でも呼ぶみたいに言う。

「〝テラス〟」

（テラス？　テラスって、なに？　あーしのこと？）

ティーナは頭の中でぐるぐると考えを巡らせる。

村の生き残り、ということはジョシュだ。そうなると消去法で「月見里晴仁の息子」というのは、ログになる。なら、テラスはティーナになってしまう。テラスっていったいなんなんだ。外国語か？

「あなたたち三人が生きていたら、リベドルトが潰されかねない。ここで死んでもらわないと困るのよ」

「なっ、なんで……どうして？」

声が震えている。突如変貌したセレンの姿に、焦りと恐怖が止まらない。

「まだわからないの？　私はリベドルトの人間よ。あなたたちを『騙した』の」

「えぇ……？　なんで……？」

「ジョシュが撃たれたときのこと、思い出してごらん？　大切な仲間を助けてくれた可愛い女の子なんて、誰でも信用しちゃうわよね？　そうして親切にして、信じ込ませて。ここに誘導できれば、もう私たちの勝ちよ。ほんと、手間かけさせてくれたわね、あなたたちは。こうでもしないと捕まえられないいんだから」

セレンは歪んだ笑顔のまま、笑い声を響かせる。聞くだけで落ち着くはずだったセレンの声は、まるで警報のようで、怖くて仕方がない。

「ちょっと親切にするだけで、わざわざ危ない洞窟を進んで私を探しに来るなんて、ほんと、甘ったれた単細胞よね。いっそのこと響光石のトラップで死んでくれてもよかったんだけど」

「……最初から、敵だったってこと？」

「えぇ、悪いわね」

ぷつんと、心の中で糸が切れた。

お姉ちゃんみたいだと思っていた。髪型を教えてくれた時、洞窟を抜けたら仲間に誘ってみようって考えてた。そう考えていた時、「仲間になりたい」と言ってくれた。とても、嬉しかった。だから、どれだけ洞窟の中で怖くても、痛くても、泣かなかったんだよ？　あなたに会いたかったからあの洞窟を命がけで進んだんだよ？　あなたがいなかったらジョシュが死んでいたというのにそれすらも全部、最初から仕組んでいたなんて、そんなの……

「ごめんね」

その時にはもう、ティーナたちの意識はシャットダウンしていた。

あとがき

はじめまして、「響乃みやこ」と申します。この度は、本作「テラスの旅路」を手に取り、お読みいただきまして、本当にありがとうございました。

この本を書き始めたきっかけは、ずっと真夜中でいいのに。さんの、『暗く黒く』という曲を聞いたことでした。繊細で美しい音楽と共に、壮大なミュージックビデオを見て、たった四分でここまで人を感動させられることに強い衝撃と感銘を受けました。ティーナとナギサの物語は、このミュージックビデオを見て生まれた感情が強く反映されています。

私は小さい頃から本を読むことが大好きで、『暗く黒く』を見た時のように、私も誰かをあっと驚かせたり、誰かに「面白い！」と感じてもらえるような物語を書いてみたいという衝動に駆られ、このミュージックビデオの続きをイメージして執筆をスタートしました。小学校から下校し、習い事の隙間時間で本作を書き続けていたのですが、私は初めてこのような長い小説を執筆したので、パソコンを長時間使うことによる、肩こりや腰痛を初めて経験しました。とても辛い！　びっくりです……。

魅力的なキャラクター設定や、リアリティを増すための工夫、「文明が滅んで三百年後の世界」という、誰も見たことがない世界をリアルに想像してもらえるために、どうしたらより正確に、面白く伝えられるか頭を悩ませた時、これまで自分が読んできた小説の作家さん達がどれだけ凄い方々なのかを思い知らされました。また、一冊の本を出版するにあたり、出版社、本屋さん、取次のお仕事、それ以外にも大勢の方々が関わっていることも学ぶことが出来ました。

少しだけ次の展開についてお伝えします。この物語の続きでは、世界が滅ぶ原因となった衝撃の事実が明らかとなり、謎に包まれたティーナの出生の秘密に迫っていきます。また、ログの生い立ちや、ジョシュに深く関わる「ある人物」も登場する、かなりヘビーでディープな内容です。もしも機会に恵まれたならば、続編を皆様にお届けしたいと強く願っています。

この本を手に取り、読んでくださった読者の皆様。本当に、本当にありがとうございました！　この作品を読んで、少しでも面白い！と感じていただき、続きを読みたい！　と思っていただけたのなら、作者としてこれ以上の喜びはありません。この作品が、どうか皆様の日常に小さな彩りを添える一冊となりますように……また、いつの日か、本を通じて読者の皆様とお会いできる時を、心から楽しみにしています。

最後に、本が完成するまで、松枝様、板原様をはじめとした幻冬舎の皆様、装画の六七質様など、大勢の方々に支えられ、励まして頂いたことに厚くお礼を申し上げます。特に、いつも近くで見守り、私の小説家デビューを実現するため、全力で応援してくれた家族には、心から感謝の気持ちでいっぱいです！　ありがとう！

〈著者紹介〉
響乃みやこ（きょうの みやこ）
2012年、栃木生まれの小学六年生。父親の仕事の都合で幼児期を北海道、広島で過ごす。小学三年生時に父親が使っていたPCを譲り受け、ワープロの使用法を独学で習得。五年生時に小説家デビューを夢見て本作の執筆をスタートした。趣味はカラオケ、読書。

テラスの旅路《たびじ》 I

2025年3月24日　第1刷発行

著　者　　響乃みやこ
発行人　　久保田貴幸

発行元　　株式会社 幻冬舎メディアコンサルティング
〒151-0051　東京都渋谷区千駄ヶ谷4-9-7
電話　03-5411-6440（編集）

発売元　　株式会社 幻冬舎
〒151-0051　東京都渋谷区千駄ヶ谷4-9-7
電話　03-5411-6222（営業）

印刷・製本　中央精版印刷株式会社
装　丁　　弓田和則

検印廃止

ISBN 978-4-344-69244-2 C0093
幻冬舎メディアコンサルティングＨＰ
https://www.gentosha-mc.com/